刘成信/主编

中国杂文

ZHONGGUO ZAWEN

（百部）卷八

周作人集

ZHOUZUOREN JI

吉林出版集团股份有限公司
全国百佳图书出版单位

图书在版编目（CIP）数据

中国杂文百部．现代部分．第8卷．周作人集 / 周作人著；刘成信主编．-- 长春 ：吉林出版集团股份有限公司，2014.9
ISBN 978-7-5534-5299-9

Ⅰ．①中… Ⅱ．①周… ②刘… Ⅲ．①杂文集－中国－现代 Ⅳ．①I26

中国版本图书馆 CIP 数据核字（2014）第 210993 号

周作人集

ZHOUZUOREN JI

出 版 人 吴文阁
作　　者 周作人
主　　编 刘成信
责任编辑 金方建
封面设计 梁文强
开　　本 650 mm × 950 mm 1/16
字　　数 80 千字
印　　张 12
版　　次 2015 年 1 月第 1 版
印　　次 2020 年 5 月第 1 版第 3 次印刷
出　　版 吉林出版集团股份有限公司
发　　行 吉林音像出版社有限责任公司
　　　　 吉林北方卡通漫画有限责任公司
地　　址 长春市泰来街1825号　　邮　编：130062
电　　话 总编办：0431-86012893　　发行科：0431-86012770
印　　刷 三河市华晨印务有限公司
ISBN 978-7-5534-5299-9-02　　定　价：28.50 元

《中国杂文》(百部)
总　序

刘成信

一

人类的文学艺术,源远流长,丰富多彩。随着社会的推进、发展,其分门别类日益精细——从最初的歌曲、舞蹈、神话、故事等逐步演绎出诗、散文、小说、戏曲。直到上个世纪初,科学技术与文学艺术融合,又有了电影、电视剧等。

有一种文学艺术虽然在中国问世两千余年,由于后人未给予“名分”,以致到二十世纪初,才从文学艺术谱系中分野出来,这就是古老而年轻的杂文。

人类和自然界大体都遵循适者生存的法则萌芽、生长与消弭。两千多年来,杂文本应与小说、诗、散文、戏剧、音乐、电影等姊妹艺术一道,繁花似锦、根深叶茂。然而,它没有像先贤们渴望的那样,而是纤弱,时生时灭,时有时无,同其他汗牛充栋的文学艺术作品相去甚远。

二

时序到 1915 年,中华文学艺术宝库迎来新曙光,一个精灵出现了——杂文在多灾多难的中华大地,被一些先知先觉的知识分子接受了!

杂文这个新成员一俟来到华夏，其特性便与众不同——首先是符合社会发展规律，它主张顺应历史潮流。它不重复生活，不还原历史，不演绎过去，而最突出展示将来，预期社会走势，判断人间是非。

杂文一俟来到华夏，便告之，它向往和平、民主、科学、自由、平等、人道、富裕及真善美；杂文憎恶专制、昏聩、愚昧、野蛮、特权、贪婪、奴性、虚伪及假恶丑。杂文与其他文学艺术既相通又有自己的特性。

杂文一俟来到华夏，就融于文学大家族，与各种文学艺术形成天然的血肉联系。它不像小说刻画人物，而是粗线条勾勒人与事；它不像诗、散文等那样纤细、抒情，而是明白如话，开诚布公。但杂文能够调动各种姊妹艺术如寓言、故事、说唱、戏曲、元杂剧等“为我所用”。

杂文一俟来到华夏，它就友好地“拿来”社会科学乃至自然科学的多种文化元素。它不是政治学，但只有不迷失政治选择，才能解析身边社会的变数；杂文不是社会学，但只有掌握瞬息万变的时代脉搏，才能适应人间丛林法则；杂文不是历史学，但人总应拨开历史雾障，略知历史长河的走向；杂文不是生理学不是心理学，但它能解剖人性、解读人生、理顺人际关系；杂文不是方法论，但它无处不闪烁思想方法光芒；杂文不是文艺学，但它评价文艺现象既深刻又形象；杂文不是美学，但每篇优秀杂文无不抨击假恶丑，无不向往美、赞扬美……

理解杂文、认识杂文,才能与杂文为友,才懂得杂文的大爱。杂文真的是半部百科全书。

三

杂文打捞历史风尘，知耻近于勇。杂文对于文化批判,社会批判,历史批判,人性批判,世世代代惹来不知多少是非。

嫉妒杂文、讨厌杂文者,甚至欲将杂文从百花园中斩草除根,所以,杂文往往难以长成大树,多少代都不能像其他文学艺术那般枝繁叶茂。有人说杂文偏激,有人说杂文片面,有人说杂文招惹是非,更有人对杂文产生各种各样的误解。以至于把杂文称之为乌鸦,恨不得把一切不祥之物都推到杂文身上。

杂文,曾为作者“惹”下多少祸根,有人曾因杂文葬送自己的大好前途，多少代杂文人曾为自己带来难以洗清的污秽。

然而,实践证明,杂文只能为民众造福,世世代代多少志士仁人,曾为杂文洗刷了一切不实之词,它为人们启蒙越来越受人们欢迎。

四

本书作者共计三百八十位,分当代、现代、历代。

我们试图把1915年《新青年》“随想录”诞生前的杂文划为历代,1915年到1949年划为现代,从1949年到当今划为当代。

1915年“随想录”之前称之为杂文,主要是根据作品性质、特点，而不是按刘勰在《文心雕龙》所谈的“杂文”。

当代作家选五十位，每人一部杂文，五十篇左右。另有合集十部，每部二十几位作家，共二百多位作家，四百多篇作品；现代作家二十位，每位五十篇杂文，七万多字，另有四十多位杂文作家，十部合集；最后选七十多位历代杂文作家，均为合集，每篇作品都有注解、题解、古文今译。

当代五十位杂文作家大体是根据五点遴选的。

一、杂文创作时间超过二十年；二、曾创作有影响的杂文作品在三十篇以上；三、曾创作经典性杂文作品；四、作品强调思想倾向的同时，艺术性也不为之忽视；五、曾在国内组织带领作家创作杂文卓有成就者。

二十多年来，我曾在助手们协助下选编各种版本杂文集五十余部，选编如此大型杂文丛书，对我是一种尝试，深知其难度。这部《中国杂文》（百部）整整花费我四年时间。杂文作品浩如烟海，读数百册杂文集、数百万篇杂文作品，难免挂一漏万，特别是这部大型丛书在国内尚无参照系，错讹在所难免，恭请诸位指正。

选编者 2012 年 11 月 10 日

于长春杂文选刊杂志社

目录

祖先崇拜

远东各国都有祖先崇拜这一种风俗。现今野蛮民族多是如此，在欧洲古代也已有过。中国到了现在，还保存这部落时代的蛮风，实是奇怪。据我想，这事既于道理上不合，又于事实上有害，应该废去才是。

第一，祖先崇拜的原始的理由，当然是本于精灵信仰。原人思想，以为万物都有灵的，形体不过是暂时的住所。所以人死之后仍旧有鬼，存留于世上，饮食起居还同生前一样。这些资料须由子孙供给，否则要触怒死鬼，发生灾祸，这是祖先崇拜的起源。现在科学昌明，早知道世上无鬼，这骗人的祭献礼拜当然可以不做了。这宗风俗，令人废时光，费钱财，很是有损，而且因为接香烟吃羹饭的迷信，许多男人往往借口于“不孝有三，无后为大”的谬说，买妾蓄婢，败坏人伦，实在是不合人道的坏事。

第二，祖先崇拜的稍为高尚的理由，是说“报本返始”。他们说：“你试思身从何来？父母生了你，乃是昊天罔极之恩，你哪可不报答他?”我想这理由不甚充足。父母生了儿子，在儿子并没有什么恩，在父母反是一笔债。我不信世上有一部分经典，可以千百年来当人类的教训的，只有记载生物的生活现象的 Biology（生物学）才可供我们参考，定大类行为的标准。在自然律上面，的确是祖先为子孙而生存，并非子孙为祖先而生存的。所以父母生了子女，便是他们（父母）的义务开始的日子，直到子女成人才止。世俗一般称孝顺的儿子是还债，但据我想，儿子无一不是讨债的，父母倒是还债——生他的债——的人。待到债务清了，本来已是“两讫”；但究竟是一体的关系，有天性之爱，互相联系住，所以发生一种终身的亲善的情谊。至于恩这一个字，实是无从说起，倘说真是体会自然的规律，要报生我者的恩，那便应该更加努力做人，使自己比父母更好，切实履行自己的义务——对于子女的债务——使子女比自己更好，才是正当办法。倘若一味崇拜祖先，向往做古人，自羲皇上溯盘古时代以至类人猿时代，这样的做人法，在自然律上，明明是倒行逆施，决不可许的了。

我最厌听许多人说，“我国开化最早”，“我祖先文明什么样”。开化的早，或古时有过一点文明，原是好的。但何必那样崇拜，仿佛人的一生事业，除恭维我祖先之外，别无一事似的。譬如我们走路，目的是在前进。过去的这几步，原是我们前进的始基，但总不必站住了，回过头去，指点着说好，反误了前进的正事。因为再走几步，还有更好的正在前头呢！有了古时的文化，才有现在的文化；有了祖先，才有我们。但倘如古时文化永远不变，祖先永远存在，那便不能有现在的文化和我们了。所以我们所感谢的，正因为古时文化来了又去，祖先生了又死，能够留下现在的文化和我们——现在的文化，将来也是来了又去，我们也是生了又死，能够留下比现时更好的文化和比我们更好的人。

我们切不可崇拜祖先，也切不可望子孙崇拜我们。

尼采说："我们不要爱祖先的国，应该爱你们子孙的国。……你们应该将你们的子孙，来补救你们自己为祖先的子孙的不幸。你们应该这样救济一切的过去。"所以我们不可不废去祖先崇拜，改为自己崇拜——子孙崇拜。

一九一九年三月

思想革命

近年来文学革命的运动渐见功效，除了几个讲“纲常名教”的经学家，同做“鸳鸯瓦冷”的诗余家以外，颇有人认为正当，在杂志及报章上面，常常看见用白话做的文章。白话在社会上的势力，日见盛大，这是很可乐观的事。

但我想文学这事物本合文字与思想两者而成，表现思想的文字不良，固然足以阻碍文学的发达，若思想本质不良，徒有文字，又有什么用处呢？我们反对古文，大半缘为它晦涩难解，养成国民笼统的心思，使得表现力与理解力都不发达，但别一方面，实又因为它内中的思想荒谬，于人有害的缘故。这宗儒道合成的不自然的思想，寄寓在古文中间，几千年来，根深蒂固，没有经过廓清，所以这荒谬的思想与晦涩的古文，几乎已融合为一，不能分离。我们随手翻开古文一看，大抵总有一种荒谬思想出现。便是现代的人做一篇古文，既然免不了用几个古典熟语，那种荒谬思想已经渗进了文字里面去了，自然也随处出现。

譬如署年月，因为民国的名称不古，写作“春王正月”固然有宗社党气味，写作“己未孟春”，又像遗老。如今废去古文，将这表现荒谬思想的专用器具撤去，也是一种有效的办法。但他们心里的思想，恐怕终于不能一时变迁，将来老瘾发时，仍旧胡说乱道的写了出来，不过从前是用古文，此刻用了白话罢了。话虽容易懂了，思想却仍然荒谬，仍然有害。好比“君师主义”的人，穿上洋服，挂上维新的招牌，难道就能说实行民主政治？这单变文字不变思想的改革，又怎能算是文学革命的完全胜利呢？

中国怀着荒谬思想的人，虽然平时发表他的荒谬思想，必用所谓古文，不用白话，但他们嘴里原是无一不说白话的。所以如白话通行，而荒谬思想不去，仍然未可乐观，因为他们用从前做过《圣谕广训直解》的办法，也可以用了支离的白话来讲古怪的纲常名教。他们还讲三纲，却叫作“三条索子”，说“老子是儿子的索子，丈夫是妻子的索子”，又或仍讲复辟，却叫作“皇帝回任”。我们岂能因他们所说是白话，比那四六调或桐城派的古文更加看重呢？譬如有一篇提倡“皇帝回任”的白话文，和一篇“非复辟”的古文并放在一处，我们说哪边好呢？我见中国许多淫书都用白话，因此想到白话前途的危险。中国人如不真是“洗心革面”地改悔，将旧有的荒谬思想弃去，无论用古文或白话文，都说不出好东西来。就是改学了德文或世界语，也未尝不可以拿来做“黑幕”，讲忠孝节烈，发表他们的荒谬思想。倘若换汤不换药，单将白话换出古文，那便如上海书店的译《白话论语》，还不如不做的好。因为从前的荒谬思想，尚是寄寓在晦涩的古文中间，看了中毒的人，还是少数，若变成白话，便通行更广，流毒无穷了。所以我说，文学革命上，文字改革是第一步，思想改革是第二步，却比第一步更为重要。我们不可对于文字一方面过于乐观了，闲却了这一面的重大问题。

一九一九年三月

前门遇马队记

中华民国八年六月五日下午三时后，我从北池子往南走，想出前门买点什物。走到宗人府夹道，看见行人非常得多，我就觉得有点古怪。到了警察厅前面，两旁的步道都挤满了，马路中间立站许多军警。再往前看，见有几队穿长衫的少年，每队里有一张国旗，站在街心，周围也都是军警。我还想上前，就被几个兵拦住。人家提起兵来，便觉得害怕。但我想兵和我同是一样的中国人，有什么可怕呢？那几位兵士果然很和气，说请你不要再上前去。我对他说："那班人都是我们中国的公民，又没有拿着武器，我走过去有什么危险呢?"他说："你别要见怪，我们也是没法，请你略候一候，就可以过去了。"我听了也便安心站着，却不料忽听得一声怪叫，说道什么"往北走"！后面就是一阵铁蹄声，我仿佛见我的右肩旁边，撞到了一个黄的马头。那时大家发了慌，一齐向北直奔，后面还听得一阵马蹄声和怪叫。等到觉得危险已过，立定看时，已经在"履中”两个字的牌楼底下了。我定一定神，再计算出前门的方法，不知如何是好，须得向哪里走才免得被马队冲散。于是便去请教那站岗的警察，他很和善地指导我，教我从天安门往南走，穿过中华门，可以安全出去。我谢了他，便照他指导的走去，果然毫无危险。我在甬道上走着，一面想着，照我今天遇到的情形，那兵警都待我很好，确是本国人的样子，只有那一队马煞是可怕。那马是无知的畜生，它自然直冲过来，不知道什么是共和，什么是法律。但我仿佛记得那马上似乎也骑着人，当然是个兵士或警察了。那些人虽然骑在马上，也应该还有自己的思想和主意，何至任凭马匹来践踏我们自己的人呢？我当时理应不要逃走，该去和马上的“人”说话，谅他也一定很和善，懂得道理，能够保护我们。我很懊悔没有这样做，被马吓慌了，只顾逃命，把我衣袋里的十几个铜元都掉了。想到这里，不觉已经到了天安门外第三十九个帐篷的面前，要再回过去和他们说，也来不及了。晚上坐在家里，回想下午的事，似乎又气又喜。气的是自己没用，不和骑马的人说话；喜的是侥幸没有被马踏坏，也是一件幸事。于是提起笔来，写这一篇，做个纪念。从前中国文人遇到一番危险，事后往往做一篇《思痛记》或《虎口余生记》之类。我这一回虽然算不得什么了不得的大事，但在我却是初次。我从前在外国走路，也不曾受过兵警的呵叱驱逐，至于性命交关的追赶，更是没有遇着。如今在本国的首都，却吃了这一大惊吓，真是“出人意表之外”，所以不免大惊小怪，写了这许多话。可是我决不悔此一行，因为这一回所得的教训与觉悟比所受的侮辱更大。

一九一九年六月八日

罗素与国粹

罗素来华了，他第一场演说，是劝中国人要保重国粹，这必然很为中国的人上自遗老下至青年所欢迎的。

罗素这番话，或者是主客交际上必要的酬答，也未可知，但我却不能赞成。

中国古时如老庄等的思想，的确有很好的，但现在已经断绝。现在的共和国民已经不记得什么“长而不宰”，他们所怀抱的思想却是尊王攘夷了。

我想国粹实在只是一种社会的遗传性，须是好的，而且又还存在，这才值得保存，才能保存。譬如现在有一个很有思想的人，我们可以据了善种学的方法，保存他特有的能力，使他传诸后世。倘若这人已死，子孙成了傻子，这统系便已中绝，留下一部著作，也不过指示先前曾有过这样伟大的思想，在他子孙的脑里却自有他的傻思想，不能相通了。我们看中国的国民性里，除了尊王攘夷，换一个名称便是复古排外的思想以外，实在没有什么特别可以保存的地方。几部古书虽有好处，在不肖子孙的眼中，只是白纸上写的黑字。任他蛀烂了原是可惜，教他保存，也不过装潢了放在傻子的书架上，灌不进他的脑里去的了。还有一层，你教他保重老庄，他却将别的医卜星相的书也装潢起来了，老庄看不懂，医卜星相却看得滋滋有味，以为国粹都在这里了。

中国人何以喜欢印度泰戈尔？因为他主张东方化，与西方化抵抗。何以说国粹或东方化，中国人便喜欢？因为懒，因为怕用心思，怕改变生活。所以他反对新思想新生活，所以他要复古，要排外。

罗素初到中国，所以不大明白中国的内情，我希望他不久就会知道，中国的坏处多于好处，中国人有自大的性质，是称赞不得的。

我们欢迎罗素的社会改造的意见，这是我们对于他的唯一的要求。

【原载一九二〇年十月十九日《晨报》】

碰　伤

我从前曾有一种计划，想做一身钢甲，甲上都是尖刺，刺的长短依照猛兽最长的牙更加长二寸。穿了这甲，便可以到深山大泽里自在游行，不怕野兽的侵害。它们如来攻击，只消同毛栗或刺猬般地缩着不动，它们就无可奈何，我不必动手，使它们自己都负伤而去。

佛经里说蛇有几种毒，最厉害的是见毒，看见了它的人便被毒死。清初周安士先生注《阴骘文》，说孙叔敖打杀的两头蛇，大约即是一种见毒的蛇，因为孙叔敖说见了两头蛇所以要死了（其实两头蛇或者同猫头鹰一样，只是凶兆的动物罢了）但是他后来又说，现在湖南还有这种蛇，不过已经完全不毒了。

我小的时候，看《唐代丛书》里的《剑侠传》，觉得很是害怕。剑侠都是修炼得道的人，但脾气很是不好，动不动便双飞剑取人头于百步之外。还有剑仙，那更厉害了，他的剑飞在空中，只如一道白光，能追赶几十里路，必须见血方才罢休。我当时心里祈求不要遇见剑侠，生恐一不小心得罪他们。

近日报上说有教职员学生在新华门外碰伤，大家都称咄咄怪事，但从我这浪漫派的人看来，一点都不足为奇。在现今的世界上，什么事都能有。我因此连带地想起上边所记的三件事，觉得碰伤实在是情理中所能有的事。对于不相信我的浪漫说的人，我别有事实的例证举出来给他们看。

三四年前，浦口下关间渡客一只小轮，碰在停泊江心的中国军舰的头上，立刻沉没，据说旅客一个都不失少（大约上船时曾经点名报数，有账可查的）。过了一两年后，一只招商局的轮船，又在长江中碰在当时国务总理所坐的军舰的头上，随即沉没，死了若干没有价值的人。年月与两方面的船名，死者的人数，我都不记得了，只记得上海开追悼会的时候，有一副挽联道："未必同舟皆敌国，不图吾辈亦清流。"

因此可以知道，碰伤在中国实是常有的事。至于完全责任，当然由被碰的去负担。譬如我穿着有刺钢甲，或是见毒的蛇，或是剑仙，有人来触，或看，或得罪了我，那时他们负了伤，岂能说是我的不好呢？又譬如火可以照暗，可以煮饮食，但有时如不吹熄，又能烧屋伤人，小孩们不知道这些方便，伸手到火边去，烫了一下，这当然是小孩之过了。

听说，这次碰伤的缘故由于请愿。我不忍再责备被碰的诸君，但我总觉得这办法是错的。请愿的事，只有在现今的立宪国里，还暂时勉强应用，其余的地方都不通用的了。例如俄国，在一千九百零几年，曾因此而有军警在冬宫前开炮之举，碰得更厉害了。但他们也就从此不再请愿了。……我希望中国请愿也从此停止，各自去努力吧。

一九二一年六月

廉耻与秩序

有一位受过高等教育的人，痛骂新思想，有一句名言，云科学兴而廉耻丧。但是这与科学性质相反的廉耻，到底是什么样的东西，他也没有说明。后来他受知于周总理（指周自齐，编者），中了高等文官，有一天到南纸店里，很勤苦地搜求合式的手本。我的一个朋友在店里遇见他，后来对我说起这事，又说明道，我以前不知道廉耻是什么东西，现在知道了，原来是黑面白里，狭长式的——一个禀帖。

天下的事，无独有偶。我从前听人家说维持秩序，扰乱秩序，却总不知道秩序是什么。近来看见六月五日国务院的通电，才明白这秩序的本体了。通电里说六月三日北京教职员学生被新华门的卫兵所打，是破坏秩序。原来两排的兵，拿着上刺刀的枪，整齐地立着，这便是秩序！你们到东西栅栏去探望，惹得他们出来追打，乱了排列——破坏秩序，这责任当然是在于被打者！

中国是一个有特别国情的国，自有他的道理，他的言语，要用普通人间的思想来解释，是万万解释不通的。这其中趣味浓厚，意义深长，不是外国人及醉心欧化的人们所能领解，便是我们要想知其甚深理趣，也不大容易。但若能够平心静气，随时随处去留心观察，一鳞一爪，也可以稍有所得，上文所举的两大发现，便是一个例。

【原载一九二一年六月十七日《晨报》】

三　天

在广告上见有一本学外国文的捷诀，说三天内可以成功。

我心里说道，这未免太少一点了。大抵要成就一件事，三天总还不够，除了行幻术，如指石成金、开顷刻花之类。这些奇迹据说可以在刹那中成就，但是要等候“回道人”下凡来的时候才行；这也不是三天之内可以等到的。

有一位民国的边疆大员，以前在日本留学的时节，竭力劝人学佛。他说，就是你们学什么德文法文，也都是白费工夫，只要学佛就好了，将来证果得了六神通，不论哪一国文字，自然一看便懂。但是事隔十五六年之后，我于去年冬天看见他还在北京坐着马车跑，可见他也还未得到神通（倘有了神通，他便可以用神足力，东涌西没，或南涌北没，当然不要马车了）。于是他的用神通力学外国文的捷诀，也就没有什么把握了。

《觉悟》上面曾经登过戴季陶先生的关于学日本文的谈话（记得系引用在施存统先生的文

中)，他说用功三年，可以应用，要能自由读书，总非五年不可。这实在是经验所得的老实话，我愿有志学外国文的人要相信他这话才好。在现今奇迹已经绝迹的时代，若要做事，除了自力以外无可依赖，也没有什么秘密真传可以相信，只有坚忍勤进这四个字便是一切的捷诀。至于三天四天这些话，只可以当作笑话说说罢了。

有人问我，你这样说，岂不太令人扫兴么？三天虽然不能速成，或者可以引起一点兴趣，使他们愿意继续学下去，也是好的。你如今说破，他们未免畏难，容易退缩，岂不反有害么？我当初听了也觉得有理，但仔细一想，却又不然。那决心用三五年工夫去学习的人，听了我的话当然不会灰心，或者反有点帮助。至于想在三天之内，学成一种外国文，这件事反正是不可能的，与其以后失望，还不如及早通知他，使他可以利用这三天去做别的事，倒还有一些着落。

【原载一九二一年六月二十八日《晨报》】

天　足

我最喜见女人的天足。——这句话我知道有点语病，要挨性急的人的骂。评头品足，本是中国恶少的恶习，只有帮闲文人像李笠翁那样的人，才将买女人时怎样看脚的法门，写到《闲情偶寄》里去。但这实在是我说颠倒了。我的意思是说，我最嫌恶缠足！

近来虽然有学者说，西妇的“以身殉美观”的束腰，其害甚于缠足，但我总是固执己见，以为以身殉丑观的缠足终是野蛮。我时常兴高采烈地出门去，自命为文明古国的新青年，忽然地当头来了一个一跷一跷的女人，于是乎我的自己以为文明人的想头，不知飞到那里去了。倘若她是老年，这表明我的叔伯辈是喜欢这样丑观的野蛮；倘若年轻，便表明我的兄弟辈是野蛮。总之我的不能免为野蛮，是确定的了。这时候仿佛无形中她将一面盾牌，一支长矛，恭恭敬敬地递过来，我虽然不愿意受，但也没有话说，只能也恭恭敬敬地接收，正式地受封为什么社的生番。我每次出门，总要受到几副脾矛，这实在是一件不大愉快的事。唯有那天足的姊妹们，能够饶恕我这种荣誉，所以我说上面的一句话，表示喜悦与感激。

【原载一九二一年七月二十九日《晨报副刊》】

小孩的委屈

译完了《凡该利斯和他的新年饼》之后，发生了一种感想。

小孩的委屈与女人的委屈——这实在是人类文明上的大缺陷，大污点。从上古直到现在，还没有补偿的机缘，但是多谢学术思想的进步，理论上总算已经明白了。人类只有一个，里面却分作男女及小孩三种，他们各是人种之一，但男人是男人，女人是女人，小孩是小孩，他们身心上仍各有差别，不能强为统一。以前人们只承认男人是人（连女人们都是这样想！），用他的标准来统治人类，于是女人与小孩的委屈，当然是不能免了。女人还有多少力量，有时略可反抗，使敌人受点损害，至于小孩受那野蛮的大人的处治，正如小鸟在顽童的手里，除了哀鸣还有什么法子？但是他们虽然白白地被牺牲了，却还一样地能报复——加报于其父母！这正是自然的因果律。于远一点说，如比比那的病废，即是宣告凡该利斯系统的凋落。切近一点说，如库多沙菲利斯（也是蔼氏所作的小说）打了小孩一个嘴巴，将他打成白痴，他自己也因此发疯。文中医生说："这个疯狂却不是以父传子，乃是自子至父的！"著者又说："这是一个悲惨的故事，但是你应该听听，这或者于你有益，因为你也是喜欢发怒的。"我们听了这些忠言，能不憬然悔悟？我们虽然不打小孩的嘴巴，但是日常无理地呵斥，无理地命令，以至无理地爱抚，不知无形中怎样地损伤了他们柔嫩的感情，破坏了他们甜美的梦，在将来的性格上发生怎样的影响！

——然而这些都是空想的话。在事实上，中国没有为将小孩打成白痴而发疯的库多沙菲利斯，也没有想"为那可怜的比比那的缘故"而停止吵架的凡该利斯。我曾经亲见一个母亲将她的两三岁的儿子放在高椅子上，自己跪在地上膜拜，口里说道："爹呵，你为什么还不死呢！"小孩在高座上，同临屠的猪一样地叫喊。这岂是讲小孩的委屈问题的时候？至于或者说，中国人现在还不将人当人看也不知道自己是人。那么，所有一切自然更是废话了。

【原载一九二一年八月十日《晨报》】

资本主义的禁娼

日前看见“社会咫闻”里记上海租界禁娼的成绩，据说捕房对于私娼从严取缔，科罪较重，盖以此等无耻妇女，实为禁娼前途之障碍物。原来娼妓制度之存在，完全由于这班“无耻妇女”的自己愿意去消遣地做这事情！我真觉得诧异，她们为什么不坐在家里舒舒服服地吃白米饭，却要去做这样无耻的行为，坏乱我们善良的风俗？真应该严办才好。古时有一个皇帝，问没有饭吃的灾民“何不食肉糜”？我也要替中产阶级对于此等无耻妇女请问一声。

但是我看了廿一日《觉悟》上引德国人柯祖基的话，却又与中产阶级的捕房的意见完全不同。他说：

“资本家不但利用她们（女工）的无经验，给她们少得不够自己开销的工钱，而且对她们暗示，或者甚至明说，只有卖淫是补充收入的一个法子。

“在资本制度之下，卖淫成了社会的台柱

子。”

那么，禁娼前途之障碍物，当然不在那些无耻的妇女，而在于有耻的资本家们了；或者我们不归罪于个人，可以说在于现在的经济制度。不揣其本而齐其末，有什么成绩可说。即使苟安姑息的在现今社会之下要讲补救，也只能救济，不是可以一禁了之的。倘若那些无耻妇女的为娼，并非为生计所迫，的确由于闲着无事，借此消遣，好像抹牌吸烟一样，那么当然可以用法律的力去禁绝了。但是现在的情形并不如此，嗜好恶癖可以禁止，饥寒无可禁止，虽然是资本家，这些道理总应该知道吧？

话虽如此，上海的资本家主张禁娼，虽然是“掩耳盗铃”，但不好意思招承“公妻是资本主义的一特色”，公然宣布卖淫是必要的事，总算是还有一点良心的了。

【原载一九二一年十月三十日《晨报副镌》】

体　操

我有两个女孩子，在小学校里读书。她们对于别项功课，都还没有什么，独怕的是体操。每天早上她们叫母亲或哥哥代看课程表，听说今天有体操，便说道这真窘极了。我于教育学是个门外汉，不能去下什么批评，但想起我自己的经验，不禁对于小孩们发生一种同情。

我没有进过小学校，因为在本地有小学校建设起来的时候，我早已过了学龄，进不去了。所以我所进的学校，是一种海军的学校，便是看不起我们的多数的亲族所称为当兵的。在这个“兵”的生活里，体操与兵操是每日有的，幸而那时教体操的——现在海军部里做官——L 老师人很和气，所以我们也还没有什么不服。我们不会演武技的只消认定一种哑铃，听他发过“滕倍耳”什么什么的口令，跟着领头的“密司忒高”做去便好了。密司忒高面北独立，挥舞他特别大而且重的黄铜哑铃，但是因为重了，他也挥舞得不大起劲，于是我们也就更为随便，草率了事。过了几年，学堂的总办想要整顿，改请了一位军人出身的M老师，他自己的武技的确不错，可是我们因此“真窘极了”。他命令一切的人都要一律地习练，于是有几位不幸的朋友挂在横的云梯上，进退不得，有的想在木马上翻筋斗，却倒爬了下来。哑铃队的人便分散了，有许多习练好了，有许多仍在挣扎，有一部分变了反抗的逃避，初只暂时请假，后来竟是正式的长假了。我们这一群的人，当然成了校内的注意人物，以为不大安分，但我即在此刻想来也觉得并未怎样的做错：M老师的个人，我对于他还是怀着好意的，但是他那无理解而且严厉的统一的训练法，我终于很是嫌恶。

前月里有一个朋友同我谈起莎士比亚的戏剧，他说莎士比亚虽有世界的声名，但读了他重要的作品，终于未能知道他的好处。这句话我很有同感，因为我也是不懂莎士比亚的。太阳的光热虽然不以无人领受而失其价值，但在不曾领受的人不能不说为无效用。学校里的体操既经教育家承认加入，大约同莎士比亚的戏剧一样，自有其重大的价值，但实际上怎样才能使他被领受有效用，这实在是一个重要的问题。

一九二一年十一月

国粹与欧化

在《学衡》上的一篇文章里，梅光迪君说："实则模仿西人与模仿古人，其所模仿者不同，其为奴隶则一也。况彼等模仿西人，仅得糟粕，国人之模仿古人者，时多得其神髓乎。"我因此引起一种对于模仿与影响，国粹与欧化问题的感想。梅君以为模仿都是奴隶，但模仿而能得其神髓，也是可取的。我的意见则以为模仿都是奴隶，但影响却是可以的；国粹只是趣味的遗传，无所用其模仿，欧化是一种外缘，可以尽量地容受它的影响，当然不以模仿了事。

倘若国粹这一个字，不是单指那选学桐城的文章和纲常名教的思想，却包括国民性的全部，那么我所假定遗传这一个释名，觉得还没有什么不妥。我们主张尊重各人的个性，对于个性的综合的国民性自然一样尊重，而且很希望其在文艺上能够发展起来，造成有生命的国民文学。但是我们的尊重与希望无论怎样的深厚，也只能以听其自然长发为止，用不着多事地帮助，正如一颗小小的稻或麦的种子，里边原自含有长成一株稻或麦的能力，所需要的只是自然地养护，倘加以宋人的揠苗助长，便反不免要使他“则苗槁矣”了。我相信凡是受过教育的中国人，以不模仿什么人为唯一的条件，听凭他自发地用任何种的文字，写任何种的思想，他的结果仍是一篇“中国的”文艺作品，有他的特殊的个性与共通的国民性相并存在，虽然这上边可以有许多外来的影响。这样的国粹直沁进在我们的脑神经里，用不着保存，自然永久存在，也本不会消灭的，他只有一个敌人，便是“模仿”。模仿者成了人家的奴隶，只有主人的命令，更无自己的意志，于是国粹便跟了自性死了。好古家却以为保守国粹在于模仿古人，岂不是自相矛盾么?

他们的错误，由于以选学桐城的文章、纲常名教的思想为国粹，因为这些都是一时的现象，不能永久地自然地附着于人心，所以要勉强地保存，便不得不以模仿为唯一的手段，奉模仿古人而能得其神髓者为文学正宗了。其实既然是模仿了，决不会再有“得其神髓”这一回事。创作的古人自有他的神髓，但模仿者的所得却只有皮毛，便是所谓糟粕。奴隶无论怎样地遵守主人的话，终于是一个奴隶而非主人；主人的神髓在于自主，而奴隶的本分在于服从，叫他怎样地去得呢？他想做主人，除了从不做奴隶入手以外，再没有别的方法了。

我们反对模仿古人，同时也就反对模仿西人；所反对的是一切的模仿，并不是有中外古今的区别与成见。模仿杜少陵或泰戈尔，模仿苏东坡或胡适之，都不是我们所赞成的，但是受他们的影响是可以的，也是有益的，这便是我对于欧化问题的态度。我们欢迎欧化是喜得有一种新空气，可以供我们的享用，造成新的活力，并不是注射到血管里去，就替代血液之用。向来有一种乡愿的调和说，主张中学为体西学为用，或者有人要疑我的反对模仿欢迎影响说和他有点相似，但其间有这一个差异：他们有一种国粹优胜的偏见，只在这条件之上才容纳若干无伤大体的改革，我却以遗传的国民性为素地，尽他本质上的可能的量去承受各方面的影响，使其融和沁透，合为一体，连续变化下去，造成一个永久而常新的国民性，正如人的遗传之逐代增入异分子而不失其根本的性格。譬如国语问题，在主张中学为体西学为用者的意见，大抵以废弃周秦古文而用今日之古文为最大的让步了；我的主张则就单音的汉字的本性上尽最大可能的限度，容纳“欧化”，增加它表现的力量，却也不强它所不能做到的事情。照这样看来，现在各派的国语改革运动都是在正轨上走着，或者还可以逼紧一步，只不必到“三株们的红们的牡丹花们”的地步：曲折语的语尾变化虽然是极便利，但在汉文的能力之外了。我们一面不赞成现代人的做骈文律诗，但也并不忽视国语中字义声音两重的对偶的可能性，觉得骈律的发达正是运命的必然，非全由于人为，所以国语文学的趋势虽然向着自由的发展；而这个自然的倾向也大可以利用，炼成音乐与色彩的言语，只要不以词害意就好了。总之我觉得国粹欧化之争是无用的；人不能改变本性，也不能拒绝外缘，到底非大胆的是认两面不可。倘若偏执一面，以为彻底，有如两个学者，一说诗也有本能，一说要“取消本能”，大家高论一番，聊以快意，其实有什么用呢？

【原载一九二二年二月十二日《晨报副刊》】

统一局

仿佛是地安门外模样。西边墙上贴着一张告示，拥挤着许多人，都仰着头在那里细心地看，有几个还各自高声念着。我心里迷惑，这些人都是车夫么？其中夹着老人和女子，当然不是车夫了；但大家一样地在衣服上罩着一件背心，正中缀了一个圆图，写着中西两种的号码。正纳闷间，听得旁边一个人喃喃地念道：

"……目下收入充足，人民军等应该加餐，自出示之日起，不问女男幼老，应每日领米二斤，麦二斤，猪羊肉各一斤，马铃薯三斤。油盐准此，不得折减，违者依例治罪。

饮食统一局长三九二七鞠躬"

这个办法，写得很是清楚，但既不是平粜，又不是赈饥，心里觉得非常糊涂。只听得一个女人对着一个老头子说着：

"三六八（仿佛是这样的一个数目）叔，你老人家胃口倒还好么？"

"六八二——不，六八八二妹，那里还行呢！

以前已经很勉强了，现今又添了两斤肉，和些什么，实在再也吃不下，只好拼出治罪罢了。”

“是啊，我们怕的是吃土豆，每天吃这个，心里很腻的，但是又怎么好不吃呢。”

“有一回，还是只发一斤米的时候，定规凡六十岁以上的人应该安坐，无故不得直立，以示优待。我坐得不耐烦了，暂时立起，恰巧被稽查看见了，拉到平等厅去判了三天的禁锢。”

“那么，你今天怎么能够走出来的呢?”

“我有执照在这里呢。这是从行坐统一局里领来的，许可一日间不必遵照安坐条律办理。”

我听了这些莫名其妙的话，心想上前去打听一个仔细，那老人却已经看见了我，慌忙走来，向我的背上一看，叫道：

“爱克司兄，你为什么还没有注册呢?”

我不知道什么要注册，刚待反问的时候，突然有人在耳边叫道：“干吗不注册!”一个大汉手中拿着一张名片，上面写道“姓名统一局长一二三”，正立在我的面前。我大吃一惊，回过身来撒腿便跑，不到一刻便跑得很远了。

一九二二年八月十九日

私怨的中国

我有一个现在德国的朋友，他素持私怨说，便是对于中国一切事情，都以私怨一字做根本的解说。譬如说起某甲攻击某乙的著作，他便说这必定是因为他们两个人有私怨的缘故。我当初不肯相信，以为中国人即使是很下流，也何至睚眦必报，有这样的厉害，但是近来却渐渐地觉得他的话颇有道理，虽然不能像他那样地用私怨说来解释一切，至少也可以说明社会上一大部分的事情了。

中国人为什么这样地容易结仇，不肯宽恕别人，这或者由于专制政治的影响也未可知，但我想因为没有教育，不能理解别人的言动，发生误会，确是一个很大的原因。譬如崇科学而破迷信，确是很好的事，但在抒情诗里一听到“我的灵魂燃烧着了”之类的文句，便勃然拂袖而去，似乎不免思想太浅窄了。从这些事件类推过去，可以知道无谓的憎恨必定很多，日后非破裂而为明的争斗，或暗的倾轧，也发出为有作用的言论。可怜的读书人最犯这个毛病，我们拿起书报来看，通信记事以至随感录之流，几乎都含有私怨与作用的意义，看了真是如金圣叹所说的令人遍身不愉快起来。我于是不得不怀疑到一件事情上去，便是“看书报到底是否有益的事”。

【原载一九二二年十月七日《晨报副镌》】

我的复古的经验

大抵一个人在他的少年时代总有一两件可笑的事情，或是浪漫的恋爱，或是革命的或是复古的运动。现在回想起来，不免觉得很有可笑的地方，但在当时却是很正经地做着。老实说，这在少年时代原来也是当然的。只不要蜕化不出，变作一条僵蚕，那就好了。

我不是“国学家”，但在十年前后却很复过一回古。最初读严几道林琴南的译书，觉得这种以诸子之文写夷人的话的办法非常正当，便竭力地学他。虽然因为不懂“义法”的奥妙，固然学得不像，但自己却觉得不很背于迻译的正宗了。随后听了太炎先生的教诲，更进一步，改去那“载飞载鸣”的调子，换上许多古字（如踢改为踶，耶写作邪之类）——多谢这种努力，《域外小说》集的原版只卖去了二十部。这是我的复古的第一支路。

《新约》在中国有文理与官话两种译本，官话本固然看不起，就是文理本也觉得不满足，因为文章还欠“古”，比不上周秦诸子和佛经的古雅。我于是决意“越俎”来改译，足有三年工夫预备这件工作，预定先译《四福音书》及《伊索寓言》，因为这时候对于林琴南君的《伊索》译本也嫌他欠古了！——后来，觉得圣书白话本已经很好，文理也可不必，更没有改译之必要，这是后话。以上是我的复古的第二支路。

以前我作古文，都用一句一圈的点句法。后来想到希腊古人都是整块地连写，不分句读段落，也不分字，觉得很是古朴，可以取法。中国文章的写法正是这样，可谓不谋而合，用圈点句殊欠古雅。中国文字即使难懂，但既然生而为中国国民，便有必须学习这难懂的文字的义务，不得利用种种方法，以便私图。因此我就主张取消圈的办法，一篇文章必须整块地连写到底（虽然仍有题目，不能彻底地遵循古法），在本县的《教育会月刊》上还留存着我的这种成绩。这是我的复古的第三支路。

这种复古的精神，也并不是我个人所独有，大抵同时代同职业的人多有此种倾向。我的朋友钱玄同当时在民报社同太炎先生整夜地谈论文字复古的方法：临了太炎先生终于提出小篆的办法，这问题才算终结。这件事情，还有一部楷体篆书的《小学答问》流行在世间来做见证，这便是玄同的手笔。其后他穿了“深衣”去上公署，那正是我废圈的时候了。这样的事，说起来还多，现在也不必细说，只要表明我们曾经做过很可笑的复古运动就是了。

我们这样的复古，耗废了不少的时间与精力，但也因此得到一个极大的利益，便是“此路不通”的一个教训。玄同因为写楷体篆书，确知汉字之根本破产。所以彻悟过来，有那“辟历一声国学家之大狼狈”的废汉字的主张。我虽然没有心得，但也因此知道古文之决不可用。这样看来，古也非不可复，只要复得彻底，言行一致地做去，不但没有坏处，而且反能因此寻到新的道路，这是的确可信的。所以对于现在青年的复古思想，我觉得用不着什么诧异，因为这是当然，将来复的碰壁，自然会觉醒过来的。所可怕者是那些言行不一致的复古家，口头说得热闹，却不去试验实行，既不穿深衣，也不写小篆，甚至于连古文也写得不能亨通，这样下去，便永没有回头的日子，好像一个人站在死胡同的口头硬说这条路是国道，却不肯自己走到尽头去看一看，只好一辈子站在那里罢了。

一九二二年十一月

“重来”

易卜生作有一本戏剧，说遗传的可怕，名叫《重来》（Cengangere）,意思就是僵尸，因为祖先的坏思想坏行为在子孙身上再现出来，好像是僵尸的出现。这本戏先前有人译作《群鬼》，但中国古来曾有“重来”一句话，虽然不是指僵尸，却正与原文相合，所以觉得倒是恰好的译语。

我在这里并不想来评论易卜生的那篇戏剧，或是讲古今中外的僵尸故事，虽然这都是很有趣的事。我现今所想说的，只是中国现社会上“重来”之多。

我们先反问一声，怎样的不是“重来”？据民俗上的学说，死人腐烂或成腊者都非是。但这是指真僵尸而言，若譬喻地说来，我们可以说凡有偶像破坏的精神者都不是“重来”。老人当然是“重来”了，他们的僵尸似的行动虽然也是骇人，总可算是当然的，不必再少见多怪地去说他们，所可怕的便是那青年的“重来”，如阿思华特一样，那么这就成了世界的悲剧了。

我不曾说中国青年多如阿思华特那样的喝酒弄女人以至发疯，这自然是不会有的，但我知道有许多青年“代表旧礼教说话”，实在是一样的可悲的事情。所差者：阿思华特知道他自己的不幸，预备病发时吞下吗啡，而我们的正自忻幸其得为一个“重来”。

我们死鬼的祖先不明白男女结婚的意义，以为他们是专为父母或圣贤而结的，所以一切都应该适合他们的意思，当事的两人却一点都不能干涉。到了现在至少那些青年总当明白了，结婚纯是当事人的事情，此外一切闲人都不配插嘴，不但没有非难的权利，就是颂扬也大可不必。孰知事有大谬不然者，很平常的一件结婚，却大惊小怪地发出许多正人心挽颓风的话，看了如听我的祖父三十年前的教训，真是出于“意表之外”，虽然说“青年原是老头子的儿子”，但毕竟差了一代，应有多少变化，现在却是老头子自己“夺舍”又来的样子了。

古人之重礼教，或者还有别的理由，但最大的是由于性意识之过强与克制力之过薄，这只要考察野蛮民族的实例可以明白。道学家的品行多是不纯洁的，也是极好的例证。现代青年一毫都没有性教育，其陷入旧道学家的窠臼本也不足怪，但不能不说是中国的不幸罢了。因为极端的禁欲主义即是变态地放纵，而拥护传统道德也就同时保守其中的不道德，所以说神圣之恋爱者即表示其耽恋于视为不洁的性欲，非难解约再婚的人也就决不反对蓄妾买婢，我相信这决不是过分刻毒的话。

人间最大的诅咒是肖子顺孙四个字。现代的中国正被压在这个诅咒之下。

一九二三年六月

关于儿童的书

我的一个男孩，从第一号起阅看《儿童世界》和《小朋友》，不曾间断。我曾问他喜欢哪一样，他说更喜欢《小朋友》，因为去年内《儿童世界》的倾向稍近于文学的，《小朋友》却稍近于儿童的。

到了今年这些书似乎都衰弱了，不过我以为小孩看了即使得不到好处，总还不至于有害。但是近来见到《小朋友》第七十期“提倡国货号”，便忍不住要说一句话——我觉得这不是儿童的书了。无论这种议论怎样时髦，怎样得庸众的欢迎，我以儿童的父兄的资格，总反对把一时的政治意见注入到幼稚的头脑里去。

我们对于教育的希望是把儿童养成一个正当的“人”，而现在的教育却想把他做成一个忠顺的国民，这是极大的谬误。罗素在《教育自由主义》一文上，说得很是透彻；威尔士之改编世界历史，也是这个意思，想矫正自己中心的历史观念。日本文学家秋田雨雀曾说，日本学校的历史地理尤其是修身的教训都是颠倒的，所以他的一个女儿只在家里受教育，因为没有可进的正当的学校。画家木村君也说他幼年在学校所受的偏谬的思想，到二十岁后费了许多苦功才得把他洗净。其实，中国也何尝不如此，只是少有人出来明白地反对罢了。去年为什么事对外“示威运动”，许多小学生在大雨中拖泥带水地走，虽然不是自己的小孩，我看了不禁伤心，想到那些主任教员真可以当得“贼夫人之子”的评语。小孩长大时，因了自主的判断，要去冒险舍生，别人没有什么话说，但是这样地糟蹋，可以说是惨无人道了。我因此想起中古的儿童十字军来；在我的心里，这卫道的“儿童杀戮”实在与希律王治下的“婴儿杀戮”没有什么差别。这是我所遇见的最不愉快的情景之一。三年前，我在《晨报》上看见傅孟真君欧洲通信《疯狂的法兰西》后，曾发表一篇杂感叫《国荣与国耻》，其第五节似乎在现今也还有意义，重录于下：

“中国正在提倡国耻教育，我以小学生的父兄的资格，正式地表示反对。我们期望教育者授于学生智识的根本，启发他们活动的能力，至于政治上的主义，让他们智力完足的时候自己去选择。我们期望教育者能够替我们造就各个完成的个人，同时也就是世界社会的好分子，不期望他为贩猪仔的人，将我们子弟贩去做那颇仑（拿破仑）们的忠臣，葬到凯旋门下去！国家主义的教育者乘小孩们脑力柔弱没有主意的时候，有各种手段牢笼他们，使变成他的喽啰，这实在是诈欺与诱拐，与老鸨之教练幼妓何异。……”

总之我很反对学校把政治上的偏见注入于小学儿童，我更反对儿童文学的书报也来提倡这些事，以前见北京的《儿童报》有过什么国耻号，我就觉得有点疑惑，现在《小朋友》又大吹大擂地出国货号，我读了那篇宣言，真不解这些既非儿童的复非文学的东西在什么地方有给小朋友看的价值。在我不知道编辑的甘苦的人看来，可以讲给儿童听的故事真是无穷无尽，就是一天一夜也说不完，不过须用理智与想象串合起来，不是只凭空地说几句感情话便可成文罢了。鹿豹的颈子为什么这样长，可以讲一篇事物起源的童话，也可以讲一篇进化论的自然故事；火从哪里来，可以讲神话上的燧人，也可以讲人类学上的火食起源。说到文化史里的材料，几乎与自然史同样地丰富，只等人去采用。我相信精魂信仰（Animism）与王帝起源等事尽可做成上好的故事，使儿童得到趣味与实益，比讲那些政治外交经济上的无用的话不知道要好几十倍。这并不是武断的话，只要问小孩自己便好：我曾问小孩这些书好不好看，他说："我不很要看——因为题目看不懂，没趣味。譬如题目是'熊和老鼠'或'公鸡偷鸡蛋'，我就喜欢看。现在这些多不知说的是什么！"编者或者要归咎于父师之没有爱国的教练，也未尝不可，但我相信普通的小孩当然对于国货仇货没有什么趣味，却是喜欢管"公鸡偷鸡卵"等闲事的。要提倡那些大道理，我们本来也不好怎么反对，但须登在"国民世界"或"小爱国者"上面，不能说这是儿童的书了。

在儿童不被承认，更不被理解的中国，期望有什么为儿童的文学，原是很无把握的事情，失望倒是当然的。儿童的身体还没有安全的保障，哪里说得到精神？不过我们总空想能够替小朋友们尽一点力，给他们应得的权利的一小部分。我希望有十个弄科学，哲学，文学，美术，人类学，儿童心理，精神分析诸学，理解而又爱儿童的人，合办一种为儿童的定期刊，那么儿童即使难得正当的学校，也还有适宜的花园可以逍遥。大抵做这样事，书铺和学会不如私人集合更有希望。这是我的推想，但相信也是实在的情形，因为少数人比较地能够保持理性的清明，不至于容易地被裹到群众运动的涡卷里去。我要说明一句，群众运动有时在实际上无论怎样重要，但于儿童文学没有什么价值，不但无益而且还是有害。

在理想的儿童的书未曾出世的期间，我的第二个希望是现在的儿童杂志一年里请少出几个政治外交经济的专号。

【原载一九二三年八月十七日《晨报副刊》】

教训之无用

蔼理斯在《道德之艺术》这一篇文章里说："虽然一个社会在某一时地的道德，与别个社会一以至同社会在异时异地的道德决不相同，但是其间有综错的条件，使它发生差异，想故意地做成它显然是无用的事。一个人如听人家说他做了一本'道德的'书，他既不必无端地高兴，或者被说他的书是'不道德的'，也无须无端地颓丧。这两个形容词的意义都是很有限制的。在群众的坚固的大多数之进行上面，无论是甲种的书或乙种的书都不能留下什么重大的影响。"

斯宾塞也曾写信给人，说道德教训之无效。他说："在宣传了爱之宗教将近二千年之后，憎之宗教还是很占势力；欧洲住着二万万的外道，假装着基督教徒，如有人愿望他们照着他们的教旨行事，反要被他们所辱骂。"

这实在都是真的。希腊有过梭格拉底，印度有过释迦，中国有过孔老，他们都被尊为圣人，但是在现今的本国人民中间他们可以说是等于

“不曾有过”。我想这原是当然的，正不必代为无谓地悼叹。这些伟人倘若真是不曾存在，我们现在当不知怎么的更是寂寞，但是如今既有言行流传，足供有艺术趣味的人的欣赏，那就尽够好了。至于期望他们教训的实现，有如枕边摸索好梦，不免近于痴人，难怪要被骂了。

对于世间“不道德的”文人，我们同圣人一样地尊敬他。他的“教训”在群众中也是没有人听的，虽然有人对他投石，或袖着他的书，但是我们不妨听他说自己的故事。

一九二四年二月

“还账主义”

中国人的人生观，据谢国馨先生在《学灯》上说，是还账主义。谢先生是家学渊源，他的老太爷著有修身教科书，所以他的判断一定是不会错的，但是我不免还有一点怀疑的地方，写出来请教。

父为什么是子之纲，夫为什么是妻之纲呢？我以前总是想不懂，现在才豁然贯通了。原来父与夫都是债权者——父用“杏仁茶”喂大他的儿子，夫则拿出一垛雪白洋钱去购来这个雌货——纲便是那条“法绳”了。中国家庭里一毫没有私欲，只是你放债我还债地过日，何等高尚，真是一片天理流行呀！因此我想到，世间债主与债户，在债务未了的期间，这两者的关系可以算是人伦的极致，中国伦常之象征，因为他们唯一的关联是在于债这一点上也。可惜这一层古圣王未曾见及，便是谢先生父子的修身书中似亦遗漏，不免是一个缺陷了。

还账主义是中国老百姓的人生观，当然是很

高尚的东西，决不能与“人欲横流”的“猪狗观”相提并论。然而——猪狗亦岂可厚非哉？狗能守夜，谢先生既慨乎其言之矣。即“极笨拙的猪”，其实亦何尝不知还债乎？人间世的猪仔与猪应真，不说也罢；降而至于四脚的真猪，也无一不以一死报主，其死事惨烈之情状，以视孝子烈妇殊无多让。夫猪与屠户有何情分，而肯杀身以报，亦无非为债务所缠耳。准此，猪狗有无良知，我们虽不能判断（因为我并非王学家），但觉得还债的人生观与猪狗观有点混同的地方，老百姓的尊严未免稍损了。

在我个人承认自己是两脚的动物，并无成圣成佛的希求，所以对于古今道学家的教训都不能完全领受，谢先生的也自然不会独是例外，但是断章取义也不无可以同意的地方。即如还账这一句话，如颠倒过来用在父母方面，倒还有点适当，因为父母生子到底与养猪不同，养他长大并不是想吃他的肉，只是因为他是自己的儿子，而且他的生出全是自己的责任，所以应有养育他成立的义务——不过这些话从圣道看来当然又是异端了。

【原载一九二四年二月十二日《晨报副镌》】

沉　默

林玉堂先生说，法国一个演说家劝人缄默，成书三十卷，为世所笑，所以我现在作讲沉默的文章，想竭力节省，以原稿纸三张为度。

提倡沉默从宗教方面讲来，大约很有材料，神秘主义里很看重沉默，美忒林克便有一篇极妙的文章。但是我并不想这样做，不仅因为怕有拥护宗教的嫌疑，实在是没有这种知识与才力。现在只就人情世故上着眼说一说吧。

沉默的好处第一是省力。中国人说，多说话伤气，多写字伤神。不说话不写字大约是长生之基，不过平常人总不易做到。那么一时的沉默也就很好，于我们大有裨益。三十小时草成一篇宏文，连睡觉的时光都没有，第三天必要头痛，演说家在讲台上呼号两点钟，难免口干喉痛，不值得甚矣。若沉默，则可无此种劳苦——虽然也得不到名声。

沉默的第二个好处是省事。古人说“口是祸门”，关上门：贴上封条，祸便无从发生。“闭门家里坐，祸从天上来”，那只算是“空气传染”，又当别论。此其利一。自己想说服别人，或是有所辩解，照例是没有什么影响，而且愈说愈是渺茫，不如及早沉默，虽然不能因此而说服或辩明，但至少是不会增添误会。又或别人有所陈说，在这面也照例不很能理解，极不容易答复，这时候沉默是适当的办法之一。古人说不言是最大的理解，这句话或者有深奥的道理，据我想则在我至少可以藏过不理解，而在他也就可以有猜想被理解了之自由。沉默之好处的好处，此其二。

善良的读者们，不要以我为太玩世（Cynical）了吧？老实说，我觉得人之互相理解是至难的，即使不是不可能的事，而表现自己之真实的感情思想也是同样地难。我们说话作文，听别人的话，读别人的文，以为互相理解了，这是一个聊以自娱的如意的好梦，好到连自己觉到了的时候也还不肯立即承认，知道是梦了却还想在梦境中多流连一刻。其实我们这样说话作文无非只是想这样做，想这样聊以自娱，如其觉得没有什么可娱,那么尽可简单地停止。我们在门外草地上翻几个筋斗，想象那对面高楼上的美人看着（明知她未必看见），很是高兴，是一种办法；反正她不会看见，不翻筋斗了，且卧在草地上看云吧，这也是一种办法。两者都是对的，我这回是在做第二个题目罢了。

我是喜翻筋斗的人，虽然自己知道翻得不好，但这也只是不巧妙罢了，未必有什么害处，足为世道人心之忧。不过自己的评语总是不大靠得住的，所以在许多知识阶级的道学家看来，我的筋斗都翻得有点不道德，不是这种姿势足以坏乱风俗，便是这个主意近于妨害治安。这种情形在中国可以说是意表之内的事，我们也并不想因此而变更态度，但如民间这种倾向到了某一程度，翻筋斗的人至少也应有想到省力的时候了。

三张纸已将写满，这篇文应该结束了，我费了三张纸来提倡沉默，因为这是对于现在中国的适当办法。——然而这原来只是两种办法之一，有时也可以择取另一办法：高兴的时候弄点小把戏，“借资排遣”。将来别处看有什么机缘，再来聒噪，也未可知。

一九二四年七月二十日

狗抓地毯

美国人摩耳（J. H. Moore）给某学校讲伦理学，首五讲是说动物与人之“蛮性的遗留”（Survival of Savage）的，经英国的唯理协会拿来单行出版，是一部很有趣味与实益的书。他将历史宗教家道德家聚讼不决的人间罪恶问题都归诸蛮性的遗留，以为只要知道狗抓地毯，便可了解一切。我家没有地毯，已故的老狗 Ess 是古稀年纪了，也没力气抓，但夏天寄住过的客犬 Bona 与 Petty 却真是每天咕哩咕哩地抓砖地，有些狗临睡还要打许多圈。这为什么缘故呢？据摩耳说，因为狗是狼变成的，在做狼的时候，不但没有地毯，连砖地都没得睡，终日奔走觅食，倦了随地卧倒，但是山林中都是杂草，非先把他搔爬践踏过不能睡上去。到了现在，有现成的地方可以高卧，用不着再操心了，但是老脾气还要发露出来，做那无聊的动作。在人间也有许多野蛮（或者还是禽兽）时代的习性留存着，本是已经无用或反而有害的东西了，唯有时仍要发动，于是成为罪恶，以及别的种种荒谬迷信的恶习。

这话的确是不错的。我看普通社会上对于事不干己的恋爱事件都抱有一种猛烈的憎恨，也正是蛮性的遗留之一证。这几天是冬季的创造期，正如小孩们所说门外的“狗也正在打仗”，我们家里的青儿大抵拖着尾巴回来，它的背上还负着好些的伤，都是先辈所给的惩创。人们同情于失恋者，或者可以说是出于扶弱的“义侠心”，至于憎恨得恋者的动机却没有这样正大堂皇，实在只是一种咬青儿的背脊的变相，实行禁欲的或放纵的生活的人特别要干涉“风化”，便是这个缘由了。

还有一层，野蛮人都有生殖崇拜的思想，这本来也没有什么可笑，只是他们把性的现象看得太神奇了，便生出许多古怪的风俗。弗来则博士的《金枝》(J. G. Frazer，The golden Bough——我所有的只是一卷的节本。据五六年前的《东方杂志》说，这乃是二千年前希腊的古书，现在已经散逸云!）上讲过“种植上之性的影响”很是详细（在所著 Psyche's Task 中亦举例甚多)。野蛮人觉得植物的生育的手续与人类的相同，所以相信用了性行为的仪式可以促进稻麦果实的繁衍。这种实例很多，在爪哇还是如此，欧洲现在当然找不到同样的习惯了，但遗迹也还存在，如德国某地秋收的时候，割稻的男妇要同在地上打几个滚，即其一例。两性关系既有这样伟大的感应力，可以催迫动植的长养，一面也就能够妨害或阻止自然的进行，所以有些部落那时又特别厉行禁欲，以为否则将使诸果不实，百草不长。社会反对别人的恋爱事件，即是这种思想的重现。虽然我们看出其中含有动物性的嫉妒，但还以对于性的迷信为重要分子，他们非意识地相信两性关系有左右天行的神力，非常习的恋爱必将引起社会的灾祸，殃及全群（现代语谓之败坏风化），事关身命，所以才有那样猛烈地憎恨。我们查看社会对于常习的结婚的态度，更可以明了上文所说的非谬。普通人对于性的问题都怀着不洁的观念，持斋修道的人更避忌新婚生产等的地方，以免触秽。大家知道，宗教上的污秽其实是神圣的一面，多岛海的不可译的术语“太步”（Tabu）一语，即表示此中的消息。因其含有神圣的法力，足以损害不能承受的人物，这才把他隔离，无论他是帝王，法师或成年的女子，以免危险，或称之曰污秽，污秽神圣实是一物，或可统称为危险的力。社会喜欢管闲事，而于两性关系为最严厉，这是什么缘故呢？我们从蛮性的遗留上着眼，可以看出一部分出于动物求偶的本能，一部分出于野蛮人对于性的危险力的迷信。这种老祖宗的遗产，我们各人分有一份，很不容易出脱，但是借了科学的力量，知道二点实在情形，使理智可以随时自加警戒，当然有点好处。道德进步，并不靠迷信之加多而在于理性之清明，我们希望中国性道德的整饬，也就不希望训条的增加，只希望知识的解放与趣味的修养。科学之光与艺术之空气，几时才能侵入青年的心里，造友一种新的两性观念呢？我们鉴于所谓西方文明国的大势，若不是自信本国得天独厚，一时似乎没有什么希望。然而说也不能不姑且说说耳。

一九二四年十二月

论女裤

绍原兄：

你的“裙要长过裤”的提议，我当然赞同，即可请你编入民国新礼的草案里。但我们在这里应当声明一句，这条礼的制定乃是从趣味（这两个字或者有点语病，因为心理学家怕要把它定为“趣味”）上着眼，并不志在“挽靡习”。我在《妇女周刊》及《妇女杂志》上看见什么教育会联合会的一件议决案，主张女生“应依章一律着用制服”，至于制服则“袖必齐腕，裙必及胫”，一眼看去与我们的新礼颇有阳虎貌似孔子之概，实际上却截然不同。原案全文皆佳，今只能节录其一部分于后。

衣以蔽体，亦以彰身，不衷为灾，昔贤所戒，矧在女生，众流仰望，虽曰末节，所关实钜。……甚或故为宽短，豁敞脱露，扬袖见肘，举步窥膝，殊非谨容仪尊瞻视之道……

《妇女周报》（六十一期）的奚明先生对于这篇力批评，说得极妙，不必再等我来多话。他说：

教育会会员诸公当然也是众流之一流，仰望也一定很久……仰望的结果，便是“故为宽短云云”这十六字的考语。其中尤足以使诸公心荡神摇的，是所见的肘和所窥的膝。本来肘与膝也是无论男女人人都有的东西，无足为奇；但因为诸公是从地下“仰”着头向上而“望”的缘故，所以更从肘膝而窥见那肘膝以上的非肘膝，便不免觉得“殊非谨仪容尊瞻视之道”起来了。

奚明先生的话的确不错，教育会诸公的意思实在如李笠翁所说在于“掩藏秘器，爱护家珍”而已。笠翁怕人家的窥见以致心荡神摇，诸公则怕窥见人家而心荡神摇，其用意不同而居心则一，都是一种野蛮思想的遗留。野蛮人常把自己客观化了，把自己行为的责任推归外物，在小孩狂人也都有这种倾向。就是在文明社会里也还有遗迹，如须勒特耳（Th.Schroeder），见 Ellis 著《梦之世界》第七章所引）所说，现代的禁止文艺科学美术等大作，即本于此种原始思想，以为猥亵在于其物而不在感到猥亵的人，不知道倘若真需禁上，所应禁者却正在其人也。教育会诸人之取缔“豁敞脱露”，正是怕肘膝的蛊惑力，所以是老牌的野蛮思想，不能冒我们新开店的招牌：为防鱼目混珠起见，不得不加添这张仿单，请赐顾者认明玉玺为记，庶不致误。

我的意思，衣服之用是蔽体即以彰身的，所以美与实用一样地要注意。有些地方露了，有些地方藏了，都是以彰身体之美；若是或藏或露，反而损美的，便无足取了。裙下无论露出一只裤脚两只裤脚，总是没有什么好看，自然应纠正之列。

“西洋女子不穿裤”的问题，我因为关于此事尚缺查考，这回不能有所论列为歉。

一九二四年十二月七日

致溥仪君书

溥仪先生：

听我的朋友胡适之君说，知道你是一位爱好文学的青年，并且在两年前“就说要取消帝号，不受优待费”，思想也是颇开通的。我有几句话早想奉告，但是其时你还是坐在宫城下上谕，我又不知道写信给皇帝们是怎样写的，所以也就搁下；现在你已出宫了，我才能利用这半天的工夫写这一封信给你。

我先要跟着我的朋友钱玄同君给你道贺，贺你这回的出宫。这在你固然是偿了宿愿，很是愉快，在我们也一面满足了革命的心愿，一面又消除了对于你个人的歉仄。你坐在宫城里，我们不但怕要留为复辟的种子，也觉得革命事业因此还未完成；就你个人而言，把一个青年老是监禁在城堡里，又觉得心里很是不安。张国焘君住在卫戍司令部的优待室里，陈独秀君住在警察厅的优待室里，章太炎先生被优待在钱粮胡同，每月有五百元的优待费，但是大家千辛万苦地营救，要放他们出来，为什么呢？因为人们所要者是身体与思想之自由，并非“优待”——被优待即是失了自由了。你被圈禁在宫城里，连在马路上骑自行车的自由都没有，我们虽然不是直接负责，听了总很抱歉，现在你能够脱离这种羁绊生活，回到自由的天地里去，我们实在替你喜欢，而且自己也觉得心安了。

我很赞成钱君的意见，希望你补习一点功课，考入高中，毕业大学后再往外国留学。但我还有特别的意见，想对你说的，便是关于学问的种类问题，据我的愚见，你最好是往欧洲去研究希腊文学。替别人定研究的学科是很危险的事，因为与本人的性质与志趣未必一定相合，但是我也别有一种理由，说出来可以当作参考。中国人近来大讲东方文化，西方文化，然而专门研究某一种文化的人终于没有，所以都说的不得要领。所谓西方文化究竟以哪一国为标准，东方文化究竟是中国还是印度为主呢？现代的情状固然重要，但更重要的似乎在推究一点上去，找寻它的来源。我想中国的，印度的，以及欧洲之根源的希腊的文化，都应该有专人研究，综合他们的结果，再行比较，才有议论的可能，一切转手的引证全是不可凭信。研究东方文化或者另有适当的人，至于希腊文化我想最好不如拜托足下了。文明本来是人生的必要的奢华，不是“自手至口”的人们所能造作的，我们必定要有碗够盛酒肉，才想到在碗上刻画几笔花，倘若终日在垃圾堆上拣煤粒，哪有工夫去做这些事，希腊的又似乎是最贵族的文明，在现在中国更不容易理解。中国穷人只顾拣煤核，阔人只顾搬钞票往外国银行里存放，知识阶级（当然不是全体）则奉了群众的牌位，预备作“应制”的诗文；实质上可吃的便是宝物，名目上是平民的便是圣旨，此外都不值一看。这也正是难怪的，大家还饿鬼似地在吞咽糟糠，哪里有工夫想到制造“嘉湖细点”，更不必说吃了不饱的茶食了。设法叫大家有饭吃，诚然是亟应进行的事，一面关于茶食的研究也很要紧，因为我们的希望是大家不但有饭而且还有能赏鉴茶食的一日。想到这里，我便记起你来了，我想你至少该有了解那些精美的文明的可能——因为曾做过皇帝。我决不是在说笑话。俗语云，“做了皇帝想成仙”，制造文明实在就是求仙的气分，不过所成者是地位，所享者是尘世清福而已，这即是希腊的“神的人”的理想了。你正式地做了三年皇帝，又非正式做了十三年，到现在又愿意取消帝号，足见已饱厌南面的生活，尽有想成仙的资格，我劝告你去探检那地中海的仙岛，一定能够有很好的结果。我想你最好往英国或德国去留学，随后当然须往雅典一走，到了学成回国的时候，我们希望能够介绍你到北京大学来担任（或者还是创设）希腊文学的讲座。

末了，我想申明一声，我当初是相信民族革命的人，换一句话即是主张排满的，但辛亥革命——尤其是今年取消帝号以后，对于满族的感情就很好了，而且有时还觉得满人比汉人更有好处，因为他较有大国民的态度，没有汉人中北方的家奴气与南方的西崽气。这是我个人的主观的话，我希望你不会打破我这个幻想罢。

一九二四年十一月三十日，周作人

再者，风便祈将台甫示及，以便称呼。又及。

追记

这封信才写好，阅报知溥仪君已出奔日本使馆了。我不知道他出奔的理由，但总觉得十分残念。他随着英国人日本人这样地跑，结果于他没有什么好处——只有明白的汉人（有辫子的不算）是满人和他的友人，可惜他不知道。希望他还有从那些人的手里得到自由的日子，这封信仍旧发表。在别一方面，他们是外国人，他们对中国的幸灾乐祸是无怪的，我们何必空口同他们讲理呢？

我们已经打破了大同的迷信，应该觉悟只有自己可靠……所可惜者中国国民内太多外国人耳。

十二月一日添书

【原载一九二四年十二月八日《语丝》】

我们的敌人

我们的敌人是什么？不是活人，乃是野兽与死鬼，附在许多活人身上的野兽与死鬼。

小孩的时候，听了《聊斋志异》或《夜谈随录》的故事，黑夜里常怕狐妖僵尸的袭来；到了现在，这种恐怖是没有了，但在白天里常见狐妖僵尸的出现，那更可怕了。在街上走着，在路旁站着，看行人的脸色，听他们的声音，时常发现妖气，这可不是“画皮”么？谁也不能保证，我们为求自己安全起见，不能不对他们为“防御战”。

有人说：“朋友，小心点，像这样的神经过敏下去，怕不变成疯子——或者你这样说，已经有点疯意也未可知。”不要紧，我这样宽懈的人哪里会疯呢？看见别人便疑心他有尾巴或身上长着白毛，的确不免是疯人行径，在我却不然，我是要用了新式的镜子从人群中辨别出这些异物而驱除之。而且这法子也并不烦难，一点都没有什么神秘：我们只须看他，如见了人便张眼露齿，口咽唾沫，大有拿来当饭之意，则必是“那件东西”，无论他在社会上是称作天地君亲师，银行家，拆白党或道学家。

据达尔文他们说，我们与虎狼狐狸之类讲起来本来有点远亲，而我们的祖先无一不是名登鬼箓的，所以我们与各色鬼等也不无多少世谊。这些话当然是不错的，不过远亲也好，世谊也好，他们总不应该借了这点瓜葛出来烦扰我们。诸位远亲如要讲亲谊，只应在山林中相遇的时节，拉拉胡须，或摇摇尾巴，对我们打个招呼，不必戴了骷髅来夹在我们中间厮混；诸位世交也应恬静地安息在草叶之阴，偶然来我们梦里会晤一下，还算有点意思，倘若像现在这样化作“重来”(Revenants)，居然现形于化日光天之下，那真足以骇人视听了。他们既然如此胡为，要来侵害我们，我们也就不能再客气了，我们只好凭了正义人道以及和平等等之名来取防御的手段。

听说昔者欧洲教会和政府为救援异端起见，曾经用过一个很好的方法，便是将他们的肉体用一把火烧了，免得他的灵魂去落地狱。这实在是存心忠厚的办法，只可惜我们不能采用，因为我们的目的是相反的：我们是要从这所依附的肉体里赶出那依附着的东西，所以应得用相反的方法。我们去拿许多桃枝柳枝，荆鞭蒲鞭，尽力地抽打面有妖气的人的身体，务期野兽幻化的现出原形，死鬼依托的离去患者，留下借用的躯壳，以便招寻失主领回。这些赶出去的东西，我们也不想“聚而歼旃”，因为“嗖”的一声吸入瓶中用丹书封好重汤煎熬，这个方法现在似已失传，至少我们是不懂得用，而且天下大矣，万牲百鬼，汗牛充栋，实属办不胜办，所以我们敬体上天好生之德，并不穷追，只要兽走于圹，鬼归其穴，各安生业，不复相扰，也就可以罢手，随他们去了。至于活人，都不是我们的敌人，虽然也未必全是我们的友人——实在，活人也已经太少了，少到连打起架了也没有什么趣味了。等打鬼打完了之后（假使有这一天），我们如有兴致，喝一碗酒，卷卷袖子，再来比一比武，也好吧。（比武得胜，自然有美人垂青等等事情，未始不好，不过那是《劫后英雄略》的情景，还是《西游记》哪。）

一九二四年十二月

【原载一九二四年十二月二十二日《语丝》】

滑稽似不多

伯亮先生：

来函说《语丝》太多滑稽分子，有变成《晶报》之虑，盛意可感。有好些人都这样说，所以你的话大约是对的，但是我却不是这样想。我以为滑稽不论多少，都没有什么妨碍，只要有人会说，有人会听。我只觉得我们不很能说“为滑稽的滑稽”，所说的大抵是“为严正的滑稽”，这是我所略觉不满足的。——至于《语丝》与《晶报》之分，很是明了，便是暗中摸索也可分别吧。

中国人过于诚实，看见一篇文章，不是当它全是笑话，便相信它说的都是实话。要使他们了解，似乎非加注不可，然而眉批夹注在印刷上都不方便，所以终于无法。把《语丝》当作消闲录看，我虽不敢附和，倒也罢了，或者又把一节闲话拿去当作内务部令看，正正经经地跑来表示反抗，那真是窘极了。“两姑之间难为妇”，结果只能都不管她，还是照旧地下去而已。（但我们决不预备变成《晶报》)。

这篇信因为正经地写，不免有率直冒犯的地方，要请见谅。但是你的好意我总是十分感谢的。

【原载一九二五年一月五日《语丝》】

净 观

日本现代奇人废姓外骨（本姓宫武）在所著《秽亵与科学》(1925出版，非卖品）附录“自著秽亵书目解题”中《秽亵废语辞汇》项下注云：

“大正六年发行政治杂志《民本主义》，第一号出去即被禁止，兼处罚金，且并表示以后每号均当禁止发行。我实在无可如何，于是动手编纂这书，自序中说：

‘我的性格可以说是固执着过激与秽亵这两点，现在我所企画的官僚政治讨伐，大正维新建设之民本主义宣传既被妨害窘迫，那么自然的归着便不得不倾于性的研究与神秘泄漏。此为本书发行之理由，亦即我天职之发挥也’云云。”

著者虽然没有明言，他的性情显然是对于时代的一种反动，对于专制政治及假道学的教育的反动。我不懂政治，所以这一方面没有什么话说，但在反抗假道学的教育一方面则有十二分的同感。外骨氏的著书，如关于浮世绘川柳以及笔祸赌博私刑等风俗研究各种，都觉得很有兴味，唯最使我佩服的是他的所谓秽亵趣味，即对于礼教的反抗态度。平常对于秽亵事物可以有三种态度，一是艺术地自然，二是科学地冷淡，三是道德地洁净。这三者都是对的。但在假道学的社会中我们非科学及艺术家的凡人所能取的态度只是第三种(其实也以前二者为依据)，自己洁净地看，而对于有不洁净的眼的人们则加以白眼，嘲弄，以至于训斥。

我最爱欧洲文艺复兴时代的文人，因为他们有一种非礼法主义显现于艺术之中，意大利的波加屈与法国的拉勃来可为代表。波加屈是艺术家，拉勃来则是艺术而兼科学家，但一样的也都是道德家。《十日谈》中满漂着现世思想的空气，《大渴王》(Pantagruel) 故事更是猛烈地攻击政教的圣殿，一面建设起理想的德勒玛寺来。拉勃来所以不但“有伤风化”，还有“得罪名教”之嫌，要比波加屈更为危险了。他不是狂信的殉道者，也异于冷酷的清教徒，他笑着闹着，披着猥亵的衣，出入于礼法之阵，终于没有损伤，实在是他的本领。他曾象征地说：“我生来就够口渴了，用不着再拿火来烤。”他又说将固执他的主张，直到将要被人荼毗为止：这一点很使我们佩服，与我们佩服外骨氏之被禁止三十余次一样。

中国现在假道学的空气浓厚极了，官僚和老

头子不必说，就是青年也这样，如批评心琴画会展览云：“绝无一幅裸体画，更见其人品之高矣！”中国之未曾发昏的人们何在，为什么还不拿了“十字架”起来反抗？我们当从艺术科学尤其是道德的见地，提倡净观，反抗这假道学的教育，直到将要被火烤了为止。

一九二五年二月

上下身

戈丹的三个贤人，
坐在碗里去漂洋去。
他们的碗倘若牢些，
我的故事也要长些。

——英国儿歌

人的肉体明明是一整个（虽然拿一把刀也可以把它切开来），背后从头颈到尾闾一条脊椎，前面从胸口到“丹田”一张肚皮，中间并无可以卸拆之处，而吾乡（别处的市民听了不必多心）的贤人必强分割之为上下身——大约是以肚脐为界。上下本是方向，没有什么不对，但他们在这里又应用了大义名分的大道理，于是上下变而为尊卑、邪正、净不净之分了：上身是体面绅士，下身是“该办的”下流社会。这种说法既合于圣教，那么当然是不会错的了，只是实行起来却有点为难。不必说要想拦腰的“关老爷一大刀”分个上下，就未免断送老命，固然断乎不可，即使在该办的范围内稍加割削，最端正的道学家也决不答应的。平常沐浴时候（幸而在贤人们这不很多），要备两条手巾两只盆两桶水，分洗两个阶级，稍一疏忽不是连上便是犯下，紊了尊卑之序，深于德化有妨，又或坐在高凳上打盹，跌了一个倒栽葱，更是本末倒置，大非佳兆了。由我们愚人看来，这实在是无事自扰，一个身子站起睡倒或是翻个筋斗，总是一个身子，并不如猪肉可以有里脊五花肉等之分，定出贵贱不同的价值来。吾乡贤人之所为，虽曰合于圣道，其亦古代蛮风之遗留欤。

有些人把生活也分作片段，仅想选取其中的几节，将不中意的梢头弃去。这种办法可以称之曰抽刀断水，挥剑斩云。生活中大抵包含饮食、恋爱、生育、工作、老死这几样事情，但是联结在一起，不是可以随便选取一二的。有人希望长生不死，有人主张生存而禁欲，有人专为饮食而工作，有人又为工作而饮食，这都有点像想齐肚脐锯断，钉上一块底板，单把上半身保留起来。比较明白而过于正经的朋友则全盘承受而分别其等级，如走路是上等而睡觉是下等，吃饭是上等而饮酒喝茶是下等是也。我并不以为人可以终日睡觉或用酒代饭吃，然而我觉得睡觉或饮酒喝茶不是可以轻蔑的事，因为也是生活之一部分。百余年前日本有一个艺术家是精通茶道的，有一回去旅行，每到驿站必取出茶具，悠然地点起茶来自喝。有人规劝他说，行旅中何必如此，他答得好："行旅中难道不是生活么。"这样想的人才真能尊重并享乐他的生活。沛德（W.Pater）曾说，我们生活的目的不是经验之果而是经验本身。正经的人们只把一件事当作正经生活，其余的如不是不得已的坏僻气也总是可有可无的附属物罢了：程度虽不同，这与吾乡贤人之单尊重上身（其实是，不必细说，正是相反），乃正属同一种类也。

戈丹（Gotham）地方的故事恐怕说来很长，这只是其中的一两节而已。

一九二五年二月二日

古书可读否的问题

我以为古书绝对地可读，只要读的人是“通”的。

我以为古书绝对地不可读，倘若是强迫地令读。

读思想的书如听讼，要读者去判分事理的曲直；读文艺的书如喝酒，要读者去辨别味道的清浊。这责任都在我不在它。人如没有这样判分事理辨别味道的力量，以致曲直颠倒清浊混淆，那么这毛病在他自己，便是他的知识趣味都有欠缺，还没有“通”（广义的，并不单指文字上的作法），不是书的不好：这样未通的人便是叫他去专看新书——列宁，马克思，斯妥布思，爱罗先珂……也要弄出毛病来的。我们第一要紧是把自己弄“通”，随后什么书都可以读，不但不会上它的当，还可以随处得到益处：古人云，“开卷有益”，良不我欺。

或以为古书是传统的结晶，一看就要入迷，正如某君反对淫书说“一见《金瓶梅》三字就要手淫”一样，所以非深闭固拒不可。诚然，旧书或者会引起旧念，有如淫书之引起淫念，但是把这个责任推给无知的书本，未免如蔼里斯所说“把自己客观化”了，因跌倒而打石头吧？恨古书之叫人守旧，与恨淫书之败坏风化与共产社会主义之扰乱治安，都是一样的原始思想。禁书，无论禁的是哪一种的什么书，总是最愚劣的办法，是小孩子、疯人、野蛮人所想的办法。

然而把人教“通”的教育，此刻在中国有吗？大约大家都不敢说有。

据某君公表的通信里引《群强报》的一节新闻，说某地施行新学制，其法系废去论理心理博物英语等科目，改读四书五经。某地去此不过一天的路程，不知怎的在北京的大报上都还不见记载，但“群强”是市民第一爱读的有信用的报，所说一定不会错的。那么，大家奉宪谕读古书的时候将到来了。然而，在这时候，我主张，大家正应该绝对地反对读古书了。

【原载一九二五年四月五日《京报副刊》】

与友人论国民文学书

木天兄：

承示你同伯奇兄的论国民文学的信，我觉得对于你们的意见能够充分了解。传道者说："日光之下并无新事。"我想这本来也是很自然很平常的道理，不过是民族主义思想之意识地发现到文学上来罢了。这个主张的理由明若观火，一国的文学如不是国民的，那么应当如何，难道可以是殖民的或遗老的吗？无论是幸不幸，我们既生为中国人，便不自主地分有汉族的短长及其运命。我们第一要承是亚洲人（"Asiatics!"）中之汉人，拼命地攻上前去，取得在人类中汉族所应享的幸福，成就所能做的工作——倘若我们不自菲薄，不自认为公共的奴才。只可惜中国人里面外国人太多，西崽气与家奴气太重，国民的自觉太没有，所以政治上既失了独立，学术文艺上也受了影响，没有新的气象。国民文学的呼声可以说是这种堕落民族的一针兴奋剂，虽然效果如何不能预知，总之是适当的办法。

但是我要附加一句，提倡国民文学同时必须

提倡个人主义。我见有些鼓吹国家主义的人对于个人主义竭力反对，不但国家主义失其根据，而且使得他们的主张有点宗教的气味，容易变成狂信。这个结果是凡本国的必好，凡别国的必坏，自己的国土是世界的中心，自己的争战是天下之正义，而犹称之曰“自尊心”。我们反抗人家的欺侮，但并不是说我们便可以欺侮人；我们不愿人家抹杀我们的长处，但并不是说我们还应护自己的短。我们所要的是一切的正义：凭了正义我们要求自主与自由，也正凭了正义我们要自己谴责，自己鞭挞。我们现在这样地被欺侮，一半固然是由于别人的强横，一半至少至少一半也在于自己的堕落。我们在反对别人之先或同时，应该竭力发掘铲除自己的恶根性，这才有民族再生的希望，否则只是拳匪思想之复活。拳匪的排外思想我并不以为绝对地非是，但其本国必是而外国必非的偏见，可以用“国粹”反抗新法的迷信，终是拳匪的行径，我所绝对反对的。有人相信国家主义之后便非古文不作，非古诗不诌，这很令我怀忧，恐正当的国家主义要恶化了。我们提倡国民文学于此点要十分注意，不可使其有这样的流弊。所以我仿你的说法要加添几句，便是在积极地鼓吹民族思想以外，还有这几件工作：

我们要针砭民族卑怯的瘫痪，

我们要消除民族淫猥的淋毒。

我们要切开民族昏聩的痈疽，

我们要阉割民族自大的疯狂。

以上是三月一日我复你的一封信，曾登在《京报副刊》第八十号上，今重录于此，因为现在我的意见还只是这样。我不知怎的很为遗传学说所迫压，觉得中国人总还是中国人，无论是好是坏，所以保存国粹正可不必，反正国民性不会消灭，提倡欧化也是虚空，因为天下不会有像两粒豆那样相似的民族，叫他怎么化得过来。现在要紧的是唤起个人的与国民的自觉，尽量地研究介绍今古的文化，让它自由地渗进去，变成民族精神的滋养料，因此可望自动地发生出新汉族的文明来。这是我任意的梦想，也就是我所以赞成国民文学的提倡之理由。但是，有时又觉得这些梦想也是轻飘飘的，不大靠得住。如吕滂（Gustave Le Bon）所说，人世的事都是死鬼做主，结果几乎令人要相信幽冥判官——或是毗骞国王手中的账簿，中国人是命里注定的奴才，这又使我对于一切提倡不免有点冷淡了。我的微小的愿望，现在只在能够多了解一分，不在能成功一厘，所以这倒也还无妨无妨。草草。

一九二五年六月一日

对于上海事件之感言

关于这回上海英国人的行凶事件，我们十分愤慨，因为他们不拿中国人当人。我们希望国人力争，当与英国断绝经济关系（没有别的法子），至达到平等待遇的目的之日为止。

我们一面希望国人自省，切勿像英国那样不拿别人当人。不幸中国向来也有这种脾气，就是对本国人也不以人相待，现在各处兵匪之祸即其明证。此次反对英国，大家须得认清题目，是反对那些不拿中国人当人的凶横的英国官僚，并不是各个的明白的英国人民，目的是在于自卫，并不是报复。所以我们对于个人切不得有所迫害，对于英国的文化——学问艺术仍有相当的崇敬。至于本国人中间更当一去旧染，改去相残相食之蛮风，努力学做一个人，庶几可以站到人前去，争回国民的人格。

我们又希望国人更进一步，切不可再不拿自己当人。我在路上看见学生慷慨激昂地讲演，同时却有两脚小得要不见了的女人和从脸上可以看出他每天必要打针的男子从旁走过，我就不禁脊梁微冷。自己糟蹋到了这个地步，哪里会有力气反抗？中国人如此不拿自己当人真是几乎像一个童话。倘若外国的捕房捉住了男子强用吗啡注射，或用粗布力缚，人的脚使成粽形，谁不闻之发指，不说这是最残酷的私刑？岂知受者乃自己愿做而甘之如饴乎！这样的民族在自然的眼里或者的确是该死的了（不过人类没有替他执行的权利），古人所谓“自作孽，不可活”。我们如不将这个拿自己当奴隶、猪羊、器具看，而不当作人看的习惯改掉，休想说什么自由自主，就是存活也不容易，即使别人不来迫压我，归根结底是老实不客气地自灭。我是想不出具体的办法，但总之希望国人能够设法改悔。

我们当坚持耐久地反对不拿中国人当人的凶横英人，同时要鞭策中国人，纠正他不拿别人当人以及不拿自己当人的恶习。不觉悟自己的缺点而专怨恨别人，决不是正当办法，也决不会胜利成功。这是我的感想。

中国现在应当根据正当的民族主义，办教育，练兵。然而如没有自觉没有改悔，这也是空想梦话——什么都是空想梦话。

【原载一九二五年六月二十日《京报副刊》】

吃 烈 士

这三个字并不是什么音译，虽然读起来有点佶屈聱牙，其实乃是如字直说，就是说把烈士一块块地吃下去了，不论生熟。

中国人本来是食人族，象征地说有吃人的礼教，遇见要证据的实验派可以请他看历史的事实，其中最冠冕的有南宋时一路吃着人腊去投奔江南行在的山东忠义之民。不过这只是吃了人去做义民，所吃的还是庸愚之肉，现在却轮到吃烈士，不可谓非旷古未闻的口福了。

前清时捉到行刺的革命党，正法后其心脏大都为官兵所炒而分吃，这在现在看去大有吃烈士的意味，但那时候也无非当作普通逆贼看，实行国粹的寝皮食肉法，以维护纲常，并不是如妖魔之于唐僧，视为十全大补的特品。若现今之吃烈士，则知其为——且正因其为烈士而吃之，此与历来之吃法又截然不同者也。

民国以来久矣没有什么烈士，到了这回五卅——终于应了北京市民的杞天之虑，因为阳历五月中有两个四月，正是庚子预言中的“二四加一五”——的时候，才有几位烈士出现于上海。这些烈士的遗骸当然是都埋葬了，有亲眼见过出丧的人可以为凭，但又有人很有理由地怀疑，以为这恐怕全已被人偷吃了。据说这吃的有两种方法，一曰大嚼，一曰小吃。大嚼是整个地吞，其功效则加官进禄，牛羊繁殖，田地开拓；有此洪福者闻不过一二武士，所吞约占十分七八，下余一两个的烈士供大众知味者之分尝。那些小吃者多不过肘臂，少则一指一甲之微，其利益亦不厚，仅能多卖几顶五卅纱秋，几双五卅弓鞋，或在墙上多标几次字号，博得蝇头之名利而已。呜呼，烈士殉国，于委蜕更有何留恋，苟有利于国人，当不惜举以遗之耳。然则国人此举既得烈士之心，又能废物利用，殊无可以非议之处，而且顺应潮流，改良吃法，尤为可喜。西人尝称中国人为精于吃食的国民，至有道理。我自愧无能，不得染指，但闻“吃烈士”一语觉得很有趣味，故作此小文以申论之。

一九二五年七月二十三日

代快邮

万羽兄：

这回爱国运动可以说是盛大极了，连你也挂了白文小章跑那么远往那个地方去。我说“连你”，意思是说你平常比较地冷静，并不是说你非爱国专家，不配去干这宗大事，这一点要请你原谅。但是你到了那里，恐怕不大能够找出几个志士——自然，揭帖，讲演，劝捐，查货，敲破人家买去的洋灯罩（当然是因为仇货）这些都会有的，然而城内的士商代表一定还是那副脸嘴吧？他们不谈钱水，就谈稚老鹤老，或者仍旧拿头来比屁股，至于在三伏中还戴着尖顶纱秋，那还是可恶的末节了。在这种家伙队里，你能够得到什么结果？所以我怕你这回的努力至少有一半是白费的了。

我很惭愧自己对于这些运动的冷淡一点都不轻减。我不是历史学家，也不是遗传学者，但我颇信丁文江先生所谓的谱牒学，对于中国国民性根本有点怀疑：吕滂（G. Le Bon）的《民族发展之心理》及《群众心理》(据英日译本，前者只见日译)于我都颇有影响，我不很相信群众或者也与这个有关。巴枯宁说，历史的唯一用处是教我们不要再这样，我以为读史的好处是在能预料又要这样了；我相信历史上不曾有过的事中国此后也不会有，将来舞台上所演的还是那几出戏，不过换了脚色、衣服与看客。五四运动以来的民气作用，有些人诧为旷古奇闻，以为国家将兴之兆，其实也是古已有之，汉之党人，宋之太学生，明之东林，前例甚多，照现在情形看去与明季尤相似；门户倾轧，骄兵悍将，流寇，外敌，其结果——总之不是文艺复兴！孙中山未必是崇祯转生来报仇，我觉得现在各色人中倒有不少是几社复社，高杰左良玉，李自成吴三桂诸人的后身。阿尔文夫人看见她的儿子同他父亲一样地在那里同使女调笑，叫道"僵尸"！我们看了近来的情状怎能不发同样的恐怖与惊骇？佛教我是不懂的，但这"业"——种性之可怕，我也痛切地感到。即使说是自然的因果，用不着怎么诧异，灰心，然而也总不见得可以叹许，乐观：你对高山说希望中国会好起来，我不能赞同你，虽然也承认你的热诚与好意。

其实我何尝不希望中国会好起来？不过看不见好起来的征候，所以还不能希望罢了。好起来的征候第一是有勇气。古人云:“知耻近乎勇。”中国人现在就不知耻。我们大讲其国耻,但是限于“一致对外”,这便是卑鄙无耻的办法。三年前在某校讲演,关于国耻我有这样几句话:

我想国耻是可以讲的,而且也是应该讲的。但是我这所谓国耻并不专指丧失什么国家权利的耻辱,乃是指一国国民丧失了他们做人的资格的羞耻。这样的耻辱才真是国耻。……

中国女子的缠足,中国人之吸鸦片,买卖人口,都是真正的国耻,比被外国欺侮还要可耻。缠足,吸鸦片,买卖人口的中国人,即使用了俾士麦毛奇这些人才的力量,凭了强力解决了一切的国耻问题,收回了租界失地以至所谓藩属,这都不能算作光荣,中国人之没有做人的资格的羞耻依然存在。固然,缠足,吸鸦片,买卖人口的国民,无论如何崇拜强权,到底能否强起来,还是别一个问题。……

这些意见我到现在还没有什么更改。我并不说不必反抗外敌,但觉得反抗自己更重要得多,因为不但这是更可耻的耻辱,而且自己不改悔也就决不能抵抗得过别人。所以中国如要好起来,第一应当觉醒,先知道自己没有做人的资格至于被人欺侮之可耻,再有勇气去看定自己的丑恶,痛加忏悔,改革传统的谬思想恶习惯,以求自立,这才有点希望的萌芽。总之中国人如没有自批巴掌的勇气，一切革新都是梦想，因为凡有革新皆从忏悔生的。我们不要中国人定期正式举行忏悔大会，对证古本地自怨自艾，号泣于旻天，我只希望大家伸出一只手来摸摸胸前脸上这许多疮毒和疙瘩。照此刻的样子，以守国粹夸国光为爱国，一切中国所有都是好的，一切中国所为都是对的，在这个期间，中国是不会改变的，不会改好，即使也不至于变得再坏。革命是不会有的，虽然可以有换朝代。赤化也不会有的，虽然可以有扰乱杀掠。可笑日本人称汉族是革命的国民，英国人说中国要赤化了，他们对于中国事情真是一点都不懂。

近来为了雪耻问题平伯和西谛大打其架，不知你觉得怎样？我的意思是与平伯相近。他所说的话有些和“敌报”相像，但这也不足为奇，萧伯纳罗素诸人的意见在英国看来何尝不是同华人一鼻孔出气呢？平伯现在固然难与萧罗诸公争名，但其自己谴责的精神我觉得是一样地可取的。

密思忒西替羌不久将往西藏去了，他天天等着你回来，急于将一件关系你的尊严的秘密奉告。现在我暗地里先通知了你，使你临时不至仓皇失措。其事如下：有一天我的小侄儿对我们臧否人物，他说：“那个报馆的小孩儿最可恶，他这样地（做手势介），‘喂，小贝！小贝！’……”他自己虽只有三岁半，却把你认作同僚，你的蓄养多年的胡须在他眼睛里竟是没有，这种大胆真可佩服，虽然对于你未免有点失敬。一连日大雨，苦雨斋外筑起了泥堤，总算侥幸免了灌浸，那个夜半乱跳吓坏了疑古君的老虾蟆，又出来呱呱地大叫了，令我想起去年的事，那时你正坐在黄河船里哪。草草。

一九二五年七月二十七日

我 最

我最不喜欢谈政治：这并不是想去专心弄什么学问艺术，也不是由于什么主义与问题，实在只是没有这个趣味。《新青年》的同人最初相约不谈政治，那是我所极端赞成的，在此刻想起来也是那时候的工作对于中国最有意义。可是，这是三代以上的事了；我个人至今还没有改变这个态度，环境却改变了——我所在的北京大学三年以来滚入政治旋涡，连带我们不要谈政治的人也跟着它滚，虽然无从去怨天尤人，总使我觉得极不愉快。民国十二年五月，十六名人发表政治主张，至十三年一月，因为那罗文斡事件，大学校长辞职出京。这些事我都不以为然，但未曾说话，因为我本来不喜欢谈政治，况且这不是他们的"个人的"政治活动吗？然而，事实上，校长既被彭允彝逼走，学校当然不能悠然地置身事外，拱候为旧校长所不齿的教育长官派新校长来接任，于是以学校反抗教长的行动自然就发生了。我在这里并不想批评什么人，我只说明北大之滚进政治旋涡是这样地起头的。学校也同个人一样，有它的校格与态度，不能轻易改变——这也正同个人一样。北大对于不职的教育长官既决定反抗的态度，遂由彭而王而章，一律反对，正是必然的趋势，我们个人虽极希望学校早日与政治分离，在学校方面却断无可以自动地中途变节之理。但是这颗铃系上去了，总须解它下来，不过我们（此处不妨作单数解）没有这个能力，即使不是说没有这个责任，虽然我是始终反对弄政治的。幸而这回反对章士钊事件发生，给予北大以改变态度的机会，现在已经评议会通过一条规定，加以限制：以前因十六名人的宣言而滚进政治旋涡的北大，于是因十七教授的抗议而又滚出政治旋涡来了，这是很可喜的一件事，因为我是最不喜欢谈政治的，如上边所说。

政治我是不喜谈的，但也有要谈的东西。我所顶看不入眼而顶想批评的，是那些假道学，伪君子。第一种人满脑子都是“两性衔接之机缄缔构”（原语系疑古玄同所造，今用无卯总长呈执政文中语代之，较为雅洁而意义恰合），又复和以巫医的野蛮思想，提了神秘的风化这二字咒语，行种种的罪恶，固然可憎极了，第二种人表面都是绅士，但是他们的行为是——说诳，反复，卑劣……尤其是没有人气，因为他是野蛮之更堕落的了。在最近的女师大事件里，我们居然得见许多这样的人物，这个恰好投吾所好，有了说话的资料，不免写了几篇文章——但是正经事却也误了不少，有几本书因此还搁着不曾看完。今日在抽屉底里找出祖父在已亥年（1899年）所写的一本家训，名曰《恒训》，见第一章中有这样的一节话：

少年看戏三日夜，归倦甚。我父斥曰："汝有用精神为下贱戏子所耗，何昏愚至此！"自后逢歌戏筵席，辄忆前训，即托故速归。

我读了不禁觉得惭愧，好像是警告我不要谈政治或什么似的。我真是非立志滚出这个道德旋涡不可，反对假道学和伪君子岂不是与反对无耻政客一样地危险，即使没有大之小之的各种灾难，总之也是白费精神，与看戏三日夜是同样地昏愚。我虽不肖，不能希望点到翰林，继承祖武，这一节遗训我总可以也是应该身体力行的。我现在再布告很可喜的一件事，其可喜的程度与北大那件差不多地重大，这便是我也开了一个新局面，我不再来反对那些假道学伪君子了。我要做我自己的工作。

我的工作是什么呢？只有上帝知道。我所想知道一点的都是关于野蛮人的事，一是古野蛮，二是小野蛮，三是文明的野蛮，我还不晓得是哪一样好，或者也还只好来拈阄。拈阄，拈阄！……不知道是那一样好。倘若是他的意思，叫我拈到末一个阄，那么南无三宝！我又得回到老局面里去，岂不冤哉！……这且不要管它，将来再看罢。拈阄，拈阄！等拈出阄来再看。我总希望不要拈着第三个阄，因为那样做是昏愚。

[附注]

加题目是大难事，今不得已用周秦古书之法，以首二字名篇。

【原载一九二五年十月五日《语丝》】

《雨天的书》自序

前年冬天《自己的园地》出版以后，起手写《雨天的书》，在半年里只写了六篇，随即中止了，但这个题目我很欢喜，现在仍旧拿了来作这本小书的名字。

这集子里共有五十篇小文，十分之八是近两年来的文字，《初恋》等五篇则是从《自己的园地》中选出来的。这些大都是杂感随笔之类，不是什么批评或论文。据说天下之人近来已看厌这种小品文了，但我不会写长篇大文，这也是无法。我的意思本来只想说我自己要说的话，这些话没有趣味，说又说得不好，不长，原是我自己的缺点，虽然缺点也就是一种特色。这种东西发表出去，厌看的人自然不看，没有什么别的麻烦，不过出版的书店要略受点损失罢了，或者，我希望，这也不至于很大吧。

我编校这本小书毕，仔细思量一回，不禁有点惊诧，因为意外地发见了两件事。一、我原来乃是道德家，虽然我竭力想摆脱一切的家数，如什么文学家批评家，更不必说道学家。我平素最讨厌的是道学家（或照新式称为法利赛人），岂知这正因为自己是一个道德家的缘故；我想破坏他们的伪道德不道德的道德，其实却同时非意识地想建设起自己所信的新的道德来。我看自己一篇篇的文章，里边都含着道德的色彩与光芒，虽然外面是说着流氓似的土匪似的话。我很反对为道德的文学，但自己总做不出一篇为文章的文章，结果只编集了几卷说教集，这是何等滑稽的矛盾。也罢，我反正不想进文苑传（自然也不想进儒林传），这些可以不必管他，还是“从吾所好”，一径这样走下去吧。

二、我的浙东人的气质终于没有脱去。我们一族住在绍兴只有十四世，其先不知是哪里人，虽然普通称是湖南道州，再上去自然是鲁国了。这四百年间越中风土的影响大约很深，成就了我的不可拔除的浙东性，这就是世人所通称的“师爷气”。本来师爷与钱店官同是绍兴出产的坏东西，民国以来已逐渐减少，但是他那法家的苛刻的态度，并不限于职业，却弥漫及于乡间，仿佛成为一种潮流，清朝的章实斋李越缦即是这派的代表，他们都有一种喜骂人的脾气。我从小知道“病从口入，祸从口出”的古训，后来又想溷迹于绅士淑女之林，更努力学为周慎。无如旧性难移，燕尾之服终不能掩羊脚，检阅旧作，满口柴胡，殊少敦厚温和之气。呜呼，我其终为“师爷派”矣乎？虽然，此亦属没有法子，我不必因自以为是越人而故意如此，亦不必因其为学士大夫所不喜而故意不如此；我有志为京兆人，而自然乃不容我不为浙人，则我亦随便而已耳。

我近来作文极慕平淡自然的景地，但是看古代或外国文学才有此种作品，自己还梦想不到有能作的一天，因为这有气质境地与年龄的关系，不可勉强。像我这样褊急的脾气的人，生在中国这个时代，实在难望能够从容镇静地做出平和冲淡的文章来。我只希望，祈祷，我的心境不要再粗糙下去，荒芜下去，这就是我的大愿望。我查看最近三四个月的文章，多是照例骂那些道学家的，但是事既无聊，人亦无聊，文章也就无聊了，便是这样的一本集子里也不值得收入。我的心真是已经太荒芜了。田园诗的境界是我以前偶然的避难所，但这个我近来也有点疏远了。以后要怎样才好，还须得思索过，一直可惜现在中国连思索的余暇都还没有。

一九二五年十一月十三日

英国十八世纪有约翰妥玛斯密著有一本书，也可以译作《雨天的书》，但他是说雨天看的书与我的意思不同。这本书我没有见过，只在讲诗人勃莱克的书里看到一节引用的话，因为他是勃莱克的一个好朋友。

十五日又记

关于三月十八日的死者

一

我是极缺少热狂的人，但同时也颇缺少冷静，这大约因为神经衰弱的缘故，一遇见什么刺激，便心思纷乱，不能思索更不必说要写东西了。三月十八日下午我往燕大上课，到了第四院时知道因外交请愿停课，正想回家，就碰见许家鹏君受了伤逃回来，听他报告执政府卫兵枪击民众的情形。自此以后，每天从记载谈话中听到的悲惨事实逐日增加，堆积在心上再也摆脱不开，简直什么事都不能做。到了现在已是残杀后的第五日，大家切责段祺瑞贾德耀，期望国民军的话都已说尽，且已觉得都是无用的了，这倒使我能够把心思收束一下，认定这五十多个被害的人都是白死，交涉结果一定要比沪案坏得多，这在所谓国家主义流行的时代或者是当然的，所以我可以把彻底查办这句梦话抛开，单独关于这回遭难的死者说几句感想到的话。——在首都大残杀的后五日，能够这样平心静气的说了，可见我的冷静也还有一点哩。

二

我们对于死者的感想第一件自然是哀悼。对于无论什么死者我们都应当如此，何况是无辜被戕的青年男女，有的还是我们所教过的学生。我的哀感普通是从这三点出来，熟识与否还在其外，即一是死者之惨苦与恐怖，二是未完成的生活之破坏，三是遗族之哀痛与损失。这回的死者在这三点上都可以说是极量的，所以我们哀悼之意也特别重于平常的吊唁。第二件则是惋惜。凡青年夭折无不是可惜的，不过这回特别地可惜，因为病死还是天行而现在的戕害乃是人功。人功的坏毁青春并不一定是最可叹惜，只要是主者自己愿意抛弃，而且去用以求得更大的东西，无论是恋爱或是自由。我前几天在茶话《心中》里说："中国人似未短生命之重，故不知如何善舍其生命，而又随时随地被夺其生命而无所爱惜。"这回的数十青年以有用可贵的生命不自主地被毁于请愿里，这是我所觉得太可惜的事。我常常独自心里这样痴想，"倘若他们不死……"我实在几次感到对于奇迹的希望与要求，但是不幸在这个明亮的世界里我们早知道奇迹是不会出来的了。

——我真深切地感得不能相信奇迹的不幸来了。

三

这回执政府的大残杀，不幸女师大的学生有两个当场被害。一位杨女士的尸首是在医院里，所以就搬回了；刘和珍女士是在执政府门口往外逃走的时候被卫兵从后面用枪打死的，所以尸首是在执政府，而执政府不知怎地把这二三十个亲手打死的尸体当作宝贝，轻易不肯给人拿去。女师大的职教员用了九牛二虎之力，到十九晚才算好容易运回校里，安放在大礼堂中。第二天上午十时棺殓，我也去一看，真真万幸我没有见到伤痕或血衣，我只见用衾包裹好了的两个人，只余脸上用一层薄纱蒙着，隐约可以望见面貌，似乎都很安闲而庄严地沉睡着。刘女士是我这大半年来从宗帽胡同时代起所教的学生，所以很是面善。杨女士我是不认识的，但我见了她们两位并排睡着，不禁觉得十分可哀，好像是看见我的妹子——不，我的妹子如活着已是四十岁了，好像是我的现在的两个女儿的姊姊死了似的，虽然她们没有真的姊姊。当封棺的时候，在女同学出声哭泣之中，我陡然觉得空气非常沉重，使大家呼吸有点困难。我见职教员中有须发斑白的人此时也有老泪要流下来，虽然他的下颌骨乱动地想忍住他也不可能了。……

这是我昨天在《京副》发表的文章中之一节，但是关于刘杨二君的事我不想再写了，所以抄了这篇“刊文”。

四

二十五日女师大开追悼会，我胡乱作了一副挽联送去，文曰：

死了倒也罢了，若不想到二位有老母倚闾，亲朋盼信。

活着又怎么着，无非多经几番的枪声惊耳，弹雨淋头。

殉难者全体追悼会是在二十三日，我在傍晚才知道，也作了一联：

赤化赤化，有些学界名流和新闻记者还在那里诬陷。

白死白死，所谓革命政府与帝国主义原是一样东西。

惭愧我总是“文字之国”的国民，只会以文字来纪念死者。

一九二六年三月二十三日

死　法

“人皆有死”，这句格言大约是确实的，因为我们没有见过不死的人，虽然在书本上曾经讲过有这些东西，或称仙人，或是“尸忒卢耳不卢格”(Strulbrug)，这都没有多大关系。不过我们既然没有亲眼见过，北京学府中静坐道友又都剩下蒲团下山去了，不肯给予凡人以目击飞升的机会，截至本稿上版时止，本人遂不能不暂且承认上述的那句格言，以死为生活之最末后的一部分，犹之乎恋爱是中间的一部分——自然，这两者有时并在一处也有，不过这仍然不会打破那个原则，假如我们不相信死后还有恋爱生活。总之，死既是各人都有分的，那么其法亦可得而谈谈了。

统计世间死法共有两大类，一曰“寿终正寝”，二曰“死于非命”。寿终的里面又可以分为三部。一是老熟，即俗云灯尽油干，大抵都是“喜丧”，因为这种终法非八九十岁的老太爷老太太莫办，而他们此时必已四世同堂，一家里拥上一两百个大大小小男男女女，实在有点住不开了，所以他的出缺自然是很欢送的。二是猝毙，某一部机关发生故障，突然停止进行，正如钟表之断了发条，实在与磕破天灵盖没有多大差别，不过因为这是属于内科的，便外面看不出痕迹，故而也列入正寝之部了。三是病故，说起来似乎很是和善，实际多是那“秒生”（Bacteria）先生作的怪，用了种种凶恶的手段，谋害“蚁命”，快的一两天还算是慈悲。有些简直是长期地拷打，与“东厂”不相上下，那真是厉害极了。总算起来，一二都倒还没有什么，但是长寿非可幸求，希望心脏麻痹又与求仙之难无异，大多数人的运命还只是轮到病故，揆诸吾人避苦求乐之意实属大相径庭，所以欲得好的死法，我们不得不离开了寿终而求诸死于非命了。

非命的好处便是在于他的突然，前一刻钟明明是还活着的，后一刻钟就直挺地死掉了，即使有苦痛（我是不大相信）也只有这一刻，这是他的独门的好处。不过这也不能一概而论。十字架据说是罗马处置奴隶的刑具，把他钉在架子上，让他活活地饿死或倦死，约莫可以支撑过几天，荼毗是中世纪卫道的人对付异端的，不但当时烤得难过，随后还剩下些零星末屑，都觉得不很好。车边斤原是很爽利，是外国贵族的特权，也是中国好汉所欢迎的，但是孤零零的头像是一个西瓜，或是“柚子”，如一位友人在长沙所见，似乎不大雅观，因为一个人的身体太走了样了。吞金喝盐卤呢，都不免有点妇女子气，吃鸦片烟又太有损名誉了，被人叫作烟鬼，即使生前并不曾“与芙蓉城主结不解缘”。怀沙自沉，前有屈大夫，后有……倒是颇有英气的，只恐怕泡得太久，却又不为鱼鳖所亲，像治咳嗽的“胖大海”似的，殊少风趣。吊死据说是很舒服（注意：这只是据说，真假如何我不能保证），有岛武郎与波多野秋子便是这样死的，有一个日本文人曾经半当真半取笑地主张，大家要自尽应当都用这个方法。可是据我看来也有很大的毛病。什么书上说有缢鬼降乩题诗云：

“目如鱼眼四时开，
身若悬旌终日挂。”

（记不清了，待考；仿佛是这两句，实在太不高明，恐防是不第秀才做的）。又听说英国古时盗贼处刑，便让他挂在架上，有时风吹着骨节珊珊作响（这些话自然也未可尽信，因为盗贼不会都是锁子骨，然而“听说”如此，我也不好一定硬反对），虽然有点唐珊尼爵士（Lord Dunsany）小说的风味，总似乎过于怪异——过火一点。想来想去都不大好，于是乎最后想到枪毙。枪毙，这在现代文明里总可以算是最理想的死法了。实实在同丈八蛇矛嚓喇一下子是一样，不过更文明了，便是说更便利了，不必是张翼德也会使用，而且使用得那样得广和多了。在身体上钻一个窟窿，把里面的机关搅坏一点，流出些蒲公英的白汁似的红水，这件事就完了：你看多么简单。简单就是安乐，这比什么病都好得多了。三月十八日中法大学生胡锡爵君在执政府被害，学校里开追悼会的时候，我送去一副对联，文曰：

“什么世界，还讲爱国？

如此死法，抵得成仙！”

这末一联实在是我衷心的颂辞。倘若说美中不足，便是弹子太大，掀去了一块皮肉，稍为触目，如能发明一种打鸟用的铁砂似的东西，穿过去好像是一支粗铜丝的痕，那就更美满了。我想这种发明大约不会很难很费时日，到得成功的时候，喝酸牛奶的梅契尼柯夫（Me-tchinikoff）医生所说的人的“死欲”一定也已发达，那么那时真可以说是“合之则双美”了。

我写这篇文章或者有点受了冈正子规的俳文《死后》的暗示，但这里边的话和意思都是我自己的。又上文所说有些是玩话，有些不是，合并声明。

【原载一九二六年五月三十一日《语丝》】

闲话四则

一

沉默是一切的最好的表示。“吾爱——吾爱”地私语尚不是恋爱的究竟成就，天乎天乎地呼唤也还不足表出极大的悲哀，在这些时候真的表示应是化石般的，死的沉寂。有奇迹在眼前发现，见者也只是沉默，发怔，无论这是藤帽底下飞出一只鹁鸽或是死人复活。不可能的与不会有的事情发生都是同样的奇迹，同样地不可思议。譬如有人把一个人活活地吞下去了，无论后来吐不吐出来，看客一定瞠目结舌说不出话。将来还吐出来呢，那是变得上好的戏法，值得惊服；倘若不吐出来，那么就是简直把他果了腹，正如同煮了吃或蒸了吃一样，这也是言语道断，还有什么话可说。“查得吃人一事，与公理正义显有不合……”这样说法岂不是只有傻子才说的呆话?

三月十八日以来北京有了不少的奇迹，结果

是沉默，沉默，再是沉默。这是对的，因为这是唯一适当的对付法。

但是这又可以表示别的意思，一是恐惧，二是赞成。不过在我们驯良的市民，这是怎么一个比例，那可就很不易说了。

二

天下奇事真是不但无独而且还有偶。最近报载日本政府也要下令取缔思想了，只可惜因为怕学界反抗，终于还未发表。中国呢，学界隐居于六国饭店等地方了：这一点究竟是独而难偶的，是日本所决不能及的。

取缔思想这四个字真正下得妙极，昏极亦趣极。俄国什么小说中有乡下人曾这样地说："大野追风，拔鬼尾巴！"恰是适切的评语。追风犹追屁，不过追不着罢了，拔鬼尾巴便不大妥当了。这不但是鬼的小尾巴是拔不住的，万一侥天之幸而拔住了，——拔住了又怎么样呢？鬼尾巴的前头不是还有一个鬼吗？你将怎么办？这好像是"倒拔蛇"拔得出时是你的运气，但或者同时也是你的晦气。日本的政治家缺少历史知识，这是很可惜的，虽然他们的踌躇还有可取，毕竟比从前白俄的官宪高明得多了。

在中国，似乎有点不同，这只能说是拔猪尾巴吧，如在大糖房胡同所常见似的。

天下奇事到底是有独而无偶。

三

平常大家认为重罪的强奸，在乱时便似乎不大稀奇了，传说，新闻，以至知县的公文上都冠冕堂皇地说及，仿佛只是天桥茶客打架似的一件极普通的官司。是的，这在乱世是没有法的，因为乱世的特色是乱，俗语云："乱世的人还不如太平的狗。"在乱时战区内的妇女的命运大约就是两种（逃走和躲避的自然除外），一是怕强奸而自尽的，二是被强奸而活着的。第一种自有人来称她作烈女烈妇，加以种种哀荣，至少也有一首歌咏。第二种人则将为人所看不起，如同光时代的"长毛嫂嫂"，虽然她们也是可哀而且——可敬的，忍辱与苦恐怕在人类生存上是一个重要的元素，正如不肯忍辱与苦是别一个重要的元素一样。我们想到现存的人民多半是她们的苗裔，对于那些喜讲风凉话的云孙耳孙们真觉得不很能表赞同了。

一本古书上说，据历来的传说，在不知几千年前，有一回平定京师的时候，一个游勇强奸了妇女，还对她说，不准再被别人强奸。男性道德的精义全在这里了，他或者是讲风凉话的鼻祖吧？——喔！强奸怎么能做闲话的材料？我看了报上节俭地记述，仿佛觉得想说一两句话，不过这个题目实在太难，也只得节俭一点把笔“带住”了。

四

难民——这是现在北京的名物之一，几乎你往城内的任何处都能看见的。我在北京溷了十年（前清时也曾来过一次），这种景象还是初次见到。难民的家怎么样了，我因为不曾目击过，想不出来，但见了这副人工乞丐似的身命也就够不愉快了，而尤其使人不愉快的乃是难民妇女的脚。她们的脚自然向来是如此，并不是被难之后才裹，或因逃难而特别走尖的。然而这实在尖得太可怕了。我以前的确也见过些神秘的小脚，几乎使人诧异“脚在那里”得那么小，每令我感到自己终是野蛮民族而发出“我最喜欢见女人的天足”的慨叹。现在看见这脚长在难民身上，便愈觉得怃然。我并不说难民不配保有小脚，我只不知怎的感到小脚与难民之神秘的关系，仿佛可以说小脚是难民的原因似的。我自知也是她们的同族,但心里禁不住想，你们的遭难是应该的，可怜，你们野蛮民族。身上刺青，雕花，涂颜色，着耳鼻唇环的男女，被那有机关枪，迫击炮，以及飞机——啊，以及飞机的文明人所虐杀，岂不是极自然与当然的吗？喔，我愿这是一个恶梦，一觉醒来，不见那些国粹的难民，国货的小脚！

但是这愿望或者太奢了。上帝未必肯见听吧？

一九二六年六月

奴才礼赞

天下自古有奴隶，唯奴才为稀有可贵。为什么呢？你只要有强力，有财力，就可以弄到许多奴隶，在你的威武与契约之下，也只能低头给你服役，虽然心里不服，或是正图谋反抗。至于奴才，那是甘心情愿替你做狗腿，无论你怎样待他，不要他，给他可以逃脱的机会，他总是非请安叩头或打屁股不行，一定要戴一顶空梁帽直站在门口，听候吩咐。总之，他是有奴瘾的，或说是奴性奴气，亦无不可。奴才与奴隶的不同，在于他是天生而非人为的（Born not made），在这一点上奴才的确与诗人一样，一样难得的。

不过在别处难得的东西，在咱们中华大抵都是很平常的，奴才也不是例外。要严格地统计奴才全数与人口的比例，去和别国比较，还没有人这样办过，我不知道到底成绩如何，但略为玄学一点照我们的感觉说去，中国似乎当得起说是最富于奴才的国。例呢，可以不必举罢？姑且举远一点的，即如溥仪出宫时那班忠良的商民。喔，喔，这是何等的荣誉，我们有这许多像诗人一样难得的东西，倘若奴才少几个，中国怎么会精神文明得像现在这个样子，怎么会这样的幸福安吉？这的确是值得最高的顶礼的，最可尊重的了。

幼时听祖父说，有满洲武官朝见嘉庆皇帝，本应自称奴才的现在却口口声声称作奴家，嘉庆皇帝想笑，怕得他要得失仪之罪，勉强忍住，把下嘴唇都咬出血来了。我听了这个故事，觉得奴才这件物事不但是可贵而且也还有点可爱了。休哉！

【原载一九二六年六月二十一日《语丝》】

京城的拳头

偶然听到一个骡车夫说，二十六年前的情形比现在还要好一点，而那时乃是庚子年。同时有些爱国家则正在呼号，大家只须慎防洋人，至于拳头向来是京城的好（案：这个故典大约出在《笑林广记》），不妨承受些许。查所谓国家主义是现今最时髦的东西，无论充导师的是著名“糊涂透顶”的人，总之是不会错的。但是我疑惑，我们为什么要慎防洋人：岂不是因为怕被虐待，做奴隶吗？现在我们既然受过庚子的训练，而且到了现在回想起来还觉得比较地并不怎么不舒服，那么做外国的奴在京兆人未必是很可怕的事情了吧。

拳头总是一样，我们不愿承受“晚娘的拳头”，但也不见得便欢迎亲娘的。这一节爱国家如不了解，所说的都是糊涂话——如其是无心的还可以算是低能，故意的呢，那是奴才之尤了。

【原载一九二六年六月二十八日《语丝》】

谢本师

我在东京新小川町民报社听章太炎师讲学，已经是十八年前的事了。当时先生初从上海西牢放出，避往日本，觉得光复一时不易成功，转而提倡国学，思假复古之事业，以寄革命之精神，其意甚可悲，亦复可感。国学讲习会既于神田大成中学校开讲，我们几个人又请先生特别在家讲《说文》，我便在那里初次见到先生。《民报》时代的先生的文章我都读过无遗，先生讲书时像弥勒佛似地趺坐的姿势，微笑的脸，常带诙谐的口调，我至今也还都记得。对于国学及革命事业我不能承了先生的教训有什么贡献，但我自己知道受了先生不少的影响，即使在思想与文章上没有明显的痕迹。虽然有些先哲做过我思想的导师，但真是授过业，启发过我的思想，可以称作我的师者，实在只有先生一人。

民国成立以来，先生在北京时我正在南方，到得六年我来北京，先生又已往南方去了，所以这十几年中我还没有见过先生一面。平常与同学旧友谈起，有两三个熟悉先生近状的人对于先生多表示不满，因为先生多做不大高明的政治活动。我也知道先生太轻学问而重经济（经济特种之经济，非Economics之谓），自己以为政治是其专长，学问文艺只是失意时的消遣；这种意见固然不对，但这是出于中国谬见之遗传，有好些学者都是如此，也不能单怪先生。总之先生回国以来不再讲学，这实在是很可惜的，因为先生倘若肯移了在上海发电报的工夫与心思来著书，一定可以完成一两部大著，嘉惠中国的后学。然而性情总是天生的，先生既然要出书斋而赴朝市，虽是旧弟子也没有力量止得他住，至于空口非难，既是无用，那也可以不必了。

“讨赤”军兴，先生又猛烈地做起政治的活动来了。我坐在萧斋里，不及尽见先生所发的函电，但是见到一个，见到两个，总不禁为我们的“老夫子”（这是我同疑古君私下称他的名字）惜，到得近日看见第三个电报，把“剿平发逆”的“曾文正”奉作人伦模范，我于是觉得不能不来说一句话了。先生现在似乎已将四十余年来所主张的光复大义抛诸脑后了。我想我的师不当这样，这样的也就不是我的师。先生昔日曾作《谢本师》一文，对于俞曲园先生表示脱离，不意我现今亦不得不谢先生，殊非始料所及。此后先生有何言论，本已与我无复相关，唯本临别赠言之义，敢进忠告，以尽寸心：先生老矣，来日无多，愿善自爱惜令名。

一九二六年八月二十一日

【原载一九二六年八月二十八日《语丝》】

包 子 税

中央公园的长美轩是滇黔菜馆，所以它的火腿是据说颇好的，但是我没有吃过，只有用火腿末屑所做的包子却是吃过，而且还觉得还好，还不贵，因为只要两分钱一个。

今天我因无事，又踱进公园里去，顺便在长美轩买了五个包子，计大洋一角，可是阿唷，伙计硬要我再拿出四个铜子来，说这是叫什么四种特税，凡是看戏，嫖妓，上馆子，住客店，都要值十抽一，所以我应该被捐洋一分。我说我并不看戏嫖妓，只是吃几个包子罢了，为什么也要上税呢？他说这不管，捐是一定要捐的。

我没法，只能付了他四个铜元，其实又多吃亏了四厘。我问这税是什么用的呢？他也说不上来，说大约是为讨赤吧，不过他也不能担保。

我坐在柏林下的板椅上，一面吃着包子，心里纳罕，这个年头儿连一个包子都不容易吃，逃不了税。但是转念一想，这如真是用在讨赤，我们京兆公民也是应该乐输的——因为赤祸如何是洪水猛兽，白福如何是天堂乐土，京兆公民是最能知道的也。

【原载一九二六年十月三十日《语丝》】

女子学院的火

十一月二十二日北京女子学院宿舍失火，焚伤学生杨立侃、廖敏二人，因救治迟误，相继毙命。该院负责者任可澄林素园应负何种责任我并不想说，因为这件事自有直接关系的人来管，我们不妨暂且缄默；其次则稍有骨气的人自然知道怎样引责，不必等别人指斥，倘若脸皮厚的就是指斥他也没用，他反正是“笑骂由他笑骂，好官我自为之”的，你说只是白费唇舌——我疑心现在的情形正是属于后者；还有一层，自从研究系的日报周报之流借了三一八学生被残杀的事件攻击国立各校长为段章张目之后，我对于攻击任何人都取极慎重的态度，恐怕偶一不慎，有千百分之一像了若辈，岂能再保存我半分的人气，所以虽然这回任林显然无可逃责，除研究系外当无不同意，唯我尚拟不措一辞，只就别的方面略述我一二的感想。

我听了这惨剧后首先感到的，其一是现在的文科学生缺少科学的常识。倘若杨廖二生更多知道一点酒精的性质，就不会发生这回的惨祸。这是教育家的责任，以后应当使文科学生有适当的科学知识，以便应付实际的生活，同时也要使理科学生有一点艺术的趣味。这已经是“贼出关门”的话，但总当胜于不关以至“开门揖盗”罢。

其二，我又痛切地感到现代医院制度的缺陷。女子学院的当局因为吝惜金钱，以至草菅人命，固然咎无可辞，但资本主义的医院制度也当负相当的责任。照道理讲来，医院是公益事业之一种，于人民的生死有直接关系，比别的事业尤为重要，应当由国家设立，一律平等地使国民能够享其利益，这才合理。但是现今的医院却是营业，完全是金钱的交易，无论什么危险急迫的病，如不先付下所勒索的钱来，便眼看你死下去，正如对溺在水里的人讲救命的价钱一样，晏然保存他的科学家的冷淡。本国人的大夫也够堕落了，基督教国的白种人所办的大医院或者更有过之无不及。在现今资本主义的世界，这或者是当然的吧。像上边所想象的公益的医院除非在共产社会里才会有，而共产主义是此刻中国的厉禁，据前卫戍司令，在海甸定有好几块“德政碑”的王懋帅的二十一（?）条，要不分首从悉处死刑的，我们赶紧住口，不要再谈他了。任林都是讨赤巨头吴子玉先生的幕僚，那么在这个年头儿他们的办法一定都是很对，合于“礼义廉耻”的，要反对他恐怕也不无作乱犯上的嫌疑。讲到底，现在做一个学生，被火酒烧伤，慢慢地抬到医院去，让她自己死去，这大约倒是她的本分与定命吧？自然，这还是应该感谢的，因为她有运气，并不是死于讨赤的兵燹。

【原载一九二六年十二月四日《语丝》】

半　春

中国人的头脑不知是怎么样的，理性大缺，情趣全无，无论同他讲什么东西，不但不能了解，反而乱扯一阵，弄得一塌糊涂。关于涉及两性的事尤其糟糕，中国多数的读书人几乎都是色情狂的，差不多看见女字便会眼角挂落，现出兽相，这正是讲道学的自然的结果，没有什么奇怪。但因此有些事情，特别是艺术上的，在中国便弄不好了。最明显的是所谓模特儿问题。孙联帅传芳曾禁止美术学校里看“不穿裤子的姑娘”，现在有些报屁股的操觚者也还在讽刺，不满意于这种诲淫的恶化。维持风教自然是极不错的，但是，据我看来，他们似乎把裸体画与春画，裸体与女根当作一件东西了，这未免使人惊异他们头脑之太简单。我常听见中流人士称裸体画曰“半春”，也是一证，不过这种人似乎比较地有判断力了，所以已有半与不半之分。最近在天津的报上见到一篇文章，据作者说，描画裸体中国古已有之，如《杂事秘辛》即是，与现代之画盖很相近云。我的画史的知识极是浅薄，但据我所知道却不曾听说有裸体画而细写女根的部分者。在印度的瑜尼崇拜者，以及，那个，相爱者，那是别一个问题，可以不论；就一般有教养的人说起来，女根不会算作美，虽然也不必就以为丑，总之在美术上很少有这种的表现。率直的一句话，美术上所表现者是女性美之裸体而非女根，有魔术性之装饰除外，如西洋通用的蹄铁与前门外某银楼之避火符。法国文人果尔蒙（Remy de Gourmont）在所著《恋爱的物理学》第六章《雌雄异形》之三中说：

女性美之优越乃是事实。若强欲加以说明，则在其唯一原因之线的匀整。尚有使女体觉得美的，乃是生殖器不见这一件事。盖生殖器之为物，用时固多，不用时则成为重累，也是瑕疵！具备此物之故，原非为个人，乃为种族也。试观人类的男子，与动物不同而直立，故不甚适宜，与人扭打的时候，容易为敌人所觊觎，在触目的地位，特有余剩的东西，以致全身的轮廓美居中毁坏了。若在女子，则线的谐调比较男子实几何学的更为完全也。

照这样说来，艺术上裸女之所以为美者，一固由于异性之牵引，二则因线之匀整，三又特殊因为生殖器不显露的缘故。中国人看裸体画乃与解剖书上之局部图等视，真可谓异于常人，目有X

光也。报载清肃王女金芳麿患性狂，大家觉得很有趣味，群起而谈，其实这也何足为奇，中国男子多数皆患着性狂，其程度虽不一，但同是“山魈风”（Satyriasis）的患者则无容多疑耳。

一九二七年二月二十六日

人力车与斩决

胡适之先生在上海演说，说中国还容忍人力车所以不能算是文明国。胡先生的演说连《顺天时报》的日本人都佩服了，其不错盖无疑了。但我怀疑，人力车真是这样地野蛮，不文明吗？工业的血汗榨取，肉眼看不出，也就算了；卖淫，似乎也不比拉人力车文明吧，大家却都容许，甚至容许人力车的文明国还特别容许这种事业，这是怎的？常见北京报载妇人因贫拉洋车，附以慨叹；但对于妇女去卖淫并不觉得诧异，在替敝国维持礼教的日本《聊天时报》第五版上还天天登着什么“倾国倾城多情多义之红喜”等文字，可见卖淫又是与圣道相合——不，至少是不相冲突了。这一点可真叫人糊涂住了，我希望胡先生能够赐以解决。

江浙党狱的内容我们不得而知，传闻的罗织与拷打或者是“共党”的造谣，但杀人之多总是确实的了。以我贫弱的记忆所及，《青天白日报》记者二名与逃兵一同斩决，清党委员到甬斩决共党二名，上海枪决五名，姓名不宣布，又枪决十名，内有共党六名，广州捕共党一百十二人，其中十三名即枪决……清法着实不少，枪毙之外还有斩首。不知胡先生以为文明否？我仿佛记得斩决这一种刑法是大清朝所用的，到了清末假维新的时候似乎也已废除——这有点记不大清楚，但在孙中山先生所创造的民国，这种野蛮的刑法，总是绝夺没有，我是可以保证的。我想，人力车固然应废，首亦大可以不斩；即使斩首不算不文明，也未必足以表示文明吧。昔托尔斯泰在巴黎见犯人身首异处的刹那，痛感一切杀人之非，胡先生当世明哲，亦当有同感，唯惜杀人虽常有，究不如人力车之多，随时随地皆是耳，故胡先生出去只见不文明的人力车而不见也似乎不很文明的斩首，此吾辈不能不甚以为遗恨者也。

尤奇者，去年一月中吴稚晖先生因为孙传芳以赤化罪名斩决江阴教员周刚直，大动其公愤，写了《恐不赤，恐血成之欤?》一文，登在北京报上：这回，吴先生却沉默了。我想他老先生或者未必全然造成这种杀法吧？大约因为调解劳资的公事太忙，没有工夫再来管这些闲事吧？——然而奇矣。

一九二七年七月

头发名誉和程度

八月二十日《世界日报》载“欧阳晓澜谓女附中未拒绝剪发女生投考”，结果是拒绝投考云无其事而不取剪发女生却是事实，请看这一节该女附中主任的谈话：

往时剪发生投考者，程度均不甚佳。……至校中诸生所以未有中途剪发者，因本校学生素爱名誉，学校既以整齐为教，学生亦不愿少数人独异。

原来头发是与名誉和程度有这样的关系，真开发我的见识不少。剪发是不名誉的事，因为宪谕皇皇，在那里禁止，在顺民看来当然是无可疑的。但是程度呢？难道这真与头发有神秘的关系，乌云覆顶则经书烂熟，青丝坠地而英算全忘乎？奇哉怪哉，亦复异哉！虽然，是殆不足异也，古已有之。旧约《士师记》第十六章说：

参孙对她说，向来人没有用剃头刀剃我的头，因为我自出母胎就归上帝作拿细耳人，若剃了我的头发，我的力气就离开我，我便软弱像别人一样。

大利拉使参孙枕着她的膝睡觉，叫了一个人来剃除他头上的七条发绺。于是大利拉克制他，他的力气就离开他了。大利拉说，参孙哪，非利士人拿你来了。参孙从睡中醒来，心里说，我要像前几次出去活动身体，他却不知道耶和华已经离开他了。非利士人将他拿住，剜了他的眼睛，带他下到迦萨，用铜链拘索他。他就在监里推磨。

是的，她们毛丫头剪除了头上的两条发绺，于是《女儿经》的信徒克制她们，她们的名誉和程度离开她们了。阿门！

【原载一九二七年八月二十七日《语丝》】

怎么说才好

十九日《世界日报》载六日长沙通讯，记湘省考试共产党员详情，有一节云：

有郇陈氏者，因其子系西歪（青年共产党）的关系，被逮入狱，作《旷安宅而弗居舍正路而弗由论》，洋洋数千言，并首先交卷，批评马克司是一个病理家，不是生理家外，并于文后附志略历。……各当道因赏其文，怜其情，将予以宽释。

原来中国现在还适用族株之法，因一个初中一年级生是CY的关系，就要逮捕其母。湖南是中国最急进的省份，何以连古人所说的“罪人不孥”这句老生常谈还不能实行呢？我看了这节新闻实在连游戏话都不会说了，只能写得这两行极迂阔极无聊的废话——我承认，这是我所说过的最没有意思的废话，虽然还有些听南来的友人所讲的东南清党时的虐杀行为，我连说废话的勇气都没有了。这些故事压在我的心上，我真不知怎样说才好，只觉得小时候读李小池的《思痛记》时有点相像。

偶阅陈锦《补勤诗存》卷五《东南壬申新乐府》之十五《青狸奴》一篇，有云：

谁知造物工施报，
于今怕说官兵到。
无分玉石付昆炎，
逢人一样供颠倒。
天生佳丽独何辜，
暮暮朝朝忍毒痛。
妇女明知非党恶，
可堪天罚戮妻孥！

陈君为先祖业师，本一拘谨老儒，以孝廉出为守令，而乃同情于附逆妇女，作此《冤死节也》之乐府，末云：

天心厌乱怜娇小，
落花满地罡风扫。
二千余人同死亡，
国殇无算哀鸿少。

（原注：金陵贼败，同时自尽妇女二千馀人。）

诗虽不佳，但其论是非不论顺逆之仁恕的精神却是甚可佩服。我觉得中国人特别有一种杀乱党的嗜好，无论是满清的杀革党，洪宪的杀民党，现在的杀共党，不管是非曲直，总之都是杀得很起劲，仿佛中国人不以杀人这件事当作除害的一种消极的手段（倘若这是有效），却就把杀人当作目的，借了这个时候尽量地满足他的残酷贪淫的本性。在别国人我也不能保证他们必不如此，但我相信这在中国总是一种根深蒂固的遗传病，上自皇帝将军，下至学者流氓，无不传染得很深很重，将来中国灭亡之根即在于此，决不是别的帝国主义等的关系。最奇怪的是智识阶级的吴稚晖忽然会大发其杀人狂，而也是智识阶级的蔡胡诸君身在上海，又视若无睹，此种现象，除中国人特嗜杀人说外，别无方法可以说明。

其实，恶人之所好，是谓拂人之性，自然是很危险的，对于有些人的沉默也很可以谅解，而且，就是我们本来也何必呢？从前非宗教大同盟风靡一世的时候，我本不是什么教徒，只觉得这种办法不很对，说了几句闲话，结果是犯了众怒，被乱骂一通，还被共产派首领称为资本主义的走狗！这回的说闲话，差不多也要蹈前回的覆辙，《新锋》上有居庸关外的忠实同志已经在那里通信说这是赤化了，吓得山叔老人赶紧爬下火山去，是的，我们也可以看个样，学个乖，真的像瓶子那样地闭起嘴来罢！火山之上是危险的，那么站到火山之下来罢，虽然喷起火来是一样的危险，总比站在山上要似乎明哲一点？听说中国有不知七十二呢还是八十一个旧火山，站来站去总避不开它们的左近，不过只要不去站在山顶上就算好了罢。

怎么说才好？不说最好：这是一百分的答案。但不知道做得到否，这个我自己还不能定，须得去东安市场找那学者们所信用的问心处去问他一问才好。喔，尾巴写得这样长了，“带住”罢。

【原载一九二七年十月一日《语丝》】

诅　咒

《古城周刊》第二期短评里说前此天津要处决几个党案的犯人，轰动了上万的人在行刑地点等候着看热闹，而其主要原因则因为其中有两个是女犯。短评里还引了记者在路上所听见的一段话：

甲问："你老不是也上上权仙去看出红差吗？"

乙答："是呀，听说还有两个大娘们啦，看她们光着膀子挨刀真有意思呀。"

这实在足以表出中国民族的十足野蛮堕落的恶根性来了！我常说中国人的天性是最好淫杀，最凶残而又卑怯的。——这个，我不愿外国流氓来冷嘲明骂，我自己却愿承认；我不愿帝国主义者说支那因此应该给他们去分吃，但我承认中国民族是亡有余辜。这实在是一个奴性天成的族类，凶残而卑怯，他们所需要者是压制与被压制，他们只知道奉能杀人及杀人给他们看的强人为主子。我因此觉得孙中山其实迂拙得可以，而口讲三民主义或无产阶级专政以为民众是在我这一边的各派朋友们尤为其愚不可及——他们所要求于你们的，只有一件事，就是看光着膀子挨刀很有意思！

【原载一九二七年十月八日《语丝》】

爆　竹

北京近日又过戊辰新年，官厅发行通行历纪念历，人民则大放其爆竹——诚然，今年比较得少了，因为民穷财尽了，但总之仍不愧称为大放。语云，惊弓之鸟，漏网之鱼，言其受过危险，有所儆戒也，而我国民乃不然。自民国六年张勋复辟，在大城内施放枪炮以来，北京四周不知有过几次战仗，皖直奉直，名称已难悉记，大炮，机关枪，飞机炸弹，声响岂遂尽忘，而市民事过情迁，无所儆戒，亦无记忆，时节既届，冲动复发，则仍燃放其种种爆仗，噫，他们盖超出鱼鸟之外了。借问为何而放爆仗？则求升官发财也。问放者为谁？则士商农工，即所谓第三第四阶级，中国之四民全体是也。

中国人总喜欢看样，我们于是有第三第四阶级的名称了，但事实上中国有“有产”与“无产”这两类，而其思想感情实无差别，有产者在升官发财中而希望更升更发者也，无产者希望将来升官发财者也，故生活上有两阶级，思想上只一阶级，即为升官发财之思想。有产者可以穷而降于舆台，无产者可以达而升为王侯，而思想不发生一点变动，穷时承认该被打屁股者即达时该打人屁股者，反正不同而是非则一也。朱元璋以乞食僧升为皇帝，为暴君之一，此虽古事，可以例今。故中国民族实是统一的，生活不平等而思想则平等，即统一于“第三阶级”之升官发财的混账思想。不打破这个障害，只生吞活剥地号叫“第四阶级”，即使是真心地运动，结果民众政治还就是资产阶级专政，革命文学亦无异于无聊文士的应制，更不必说投机家的运动了。现代的社会运动当然是有科学根基的，但许多运动家还是浪漫派，往往把民众等字太理想化了，凭了民众之名发挥他的气焰，与凭了神的名没有多大不同，或者这在有点宗教性质的事业上也是不可免的吧？

【原载一九二八年二月九日《语丝》】

山东之破坏孔孟庙

七月七日日文《北京新闻》载济南五日发《东方》电云："在泰安之山东省政府中充满冯玉祥系之人物，近来对于特权阶级，土豪劣绅名称之下加以极度之压迫，没收其财产。且否认一切旧道德，破坏孔子孟子之庙，禁止祭祀。又如著旧式美服者一概不准面会，人民有批评省政府之行为者即捕而枪毙之等等，施行极端之新政。"

日本人造中国的谣言，真是无所不用其极，而特别对于冯玉祥为尤甚。据日本人自己表示，他们反对冯的缘故由于与冯交涉没有一回得利，又有别一半的原因则在民国十三年的驱逐溥仪就是日本汉文机关报《顺天时报》所痛骂的"逼宫"。在中国有识者看去，这是冯军最有功于国的一件事，但日本与中国照例是利害相反，所以他们便竭力反对，又因这对于日本给予一种暗示，更是痛心疾首，视如不共戴天。他们捏造逼宫后如何偷宝贝，北京的顺民还大都相信，继又宣传如何赤化，结果是提示奉鲁军阀"讨赤"的好名号，两年来把中国糜烂了十省。现在又开始宣传了。——据他的说，山东正在“赤化”了，关内已经没有仗义讨赤的人，那么这个责任当然落在日本身上，山东应当从“冯系”的手里救出而交与替天行道的田中义一：《东方通信》的意思可不正是如此吗？

我们不是“冯系”，又不曾到山东去看过（济南为日本义师所占据，故津浦路断），不能替山东省政府答辩，但我们相信这些宣传都是谎话，平心说来，中国有些旧道德的确应该否认，丁祭应该禁止，孔庙应该改为各县的图书馆，除设备普通书籍外，宜特别注意收藏本地文献，如地志文集之类，可是这种改革不是拘谨的人所办得来的。即如简又文君所说，冯玉祥与国民军确是极好，我还觉得有很不满意的一点，便是旧礼教的色彩太重。在现今反动空气之中，凶恶的帝国主义（天津市党部粘贴“打倒帝国主义”的标语，日本领事即提出严重的抗议，承认帝国主义即是日本，这里所说却是泛指各国，虽然当然包括日本在内）的监视之下，这样办法或者多少有些利益，不过到底得不偿失，也不是国民革命的顺路。就现在的状态说，所谓“冯系”的人，决做不出否认旧道德毁坏孔孟庙这样过激的事来，虽然反对废止祭孔等事，倒是可能的，而且已证实了。

日本人专替中国来拥护礼教，维持道德，特别着眼于圣贤和男女之道，加以恶辣的指导或攻击，这是我中国人所极应感谢的。他们知道从来的圣贤和男女之道的因革与资产阶级的利害有深切的关系，关于这些因革的宣传（造谣）最足以引起东西资产阶级的注意而发生本能的憎恶与反噬，在宣传的策略上他们确有深刻的了解，但如学究地从事实上立论，则日本人最不配对中国来谈什么道德。第一，日本对中国就最不讲道德。帝国主义的字典上本没有道德这一个字，或者不能怪他，但他也就决没有对人家来谈道德的资格。第二，中国的文化以及一切道德都是自己的，并不是借来的。自己的东西要的时候就要，不要时也就可以丢开，不必问别人的意见。中国旧道德的应因应革我们全有自主之权，日本毋庸置喙。况且日本是君主国，与中国国体绝对不同，在君主国以为是天经地义的东西，往往是民主国的邪说，所以日本决不能以自己的标准来批评中国的道德问题。但是，这本来已经说过，是学究的迂拘的说法，日本的宣传原只是战略，丝毫不能以人类的理性与公义相衡，它的用意单在于造谣蛊惑，所以我们的对付方法也只有揭穿他们的阴谋，根本地加以破坏，使大家知道凡日本人的宣传全不足信，此外对于他们一切理智的辩论说明我承认都是无用的废话。

一九二八年七月十日

老人政治

东方是奉行老人政治的。日本的田中义一老得像一只狒狒了，清浦奎吾还曾经死过复活。清朝的张文襄公干瘪如猴，庆亲王的照相则俨然骷髅上戴着一顶红缨帽。我看了很是歆羡，只是怕自己活不到那样久，不到像木乃伊的样子便已身先朝露了。近来，这似已改良不少，五六十岁就大有柄政的希望。只要少无病而呻，不冲上前去，免于二次三次的清党之难，再活二十年是不很难的。到那时，那是我们的天下了。到那时，放屁放屁，真真岂有此理，要怎么说就怎么说，要怎么干就怎么干，岂不懿欤！

一九二八年九月

历　史

天下最残酷的学问是历史。它能揭去我们眼上的鳞，虽然也使我们希望千百年后的将来会有进步，但同时将千百年前的黑影投在现在上面，使人对于死鬼之力不住地感到威吓。我读了中国历史，对于中国民族和我自己失了九成以上的信仰与希望。“僵尸，僵尸！”我完全同感于阿尔文夫人的话。世上如没有还魂夺舍的事，我想投胎总是真的，假如有人要演崇弘时代的戏，不必请戏子去扮，许多角色都可以从社会里去请来，叫他们自己演。我恐怕也是明末什么社里的一个人，不过有这一点，自己知道有鬼附在身上，自己谨慎了，像癞病患者一样摇着铃铛叫人避开，比起那吃人不餍的老同类来或者是较好一点了吧。

一九二八年九月十七日

青年脆

我们乡间有一句俗语，在村里死亡率较高的时候，便说“今年人头脆”。人头（Ningdhou）云者生命之谓，非真是指圆如西瓜的一个个脑袋也。这句话的妙处在于一个脆字，能够具体地表出无常的意思，恰如掐断绿豆芽或拗断黄瓜似地那样松脆地死去，真是没有第二句话能够形容得出的了。

近两年来中国到处是人头脆，而青年似乎尤其脆得可以。这个理由不难寻找，大学院长蔡公停止青年运动的提案中明白地说出，以前革命时有些年高德劭或有钱多子的老成人不愿轻易冒险，便叫些不关紧要的青年冲上前去，结果自然是损失颇大，青年男女死于各种死法的不知共有若干。现在革命成功了，青年运动也停止了，青年当然可以不那么地脆了，大可以多吃几年饭，多学点世故，再过三四十年，差不多是花甲年纪了，那时便大有柄政的资格，岂不是很好的事么？

【原载一九二八年十月一日《语丝》】

欧洲整顿风化

承在上海的一位“吾家”寄给我一张十月二十四日的《新闻报》,《快活林》上有一篇独鹤编辑的“谈话”,题目《欧洲之整顿风化》。其末一节云:“可是如今欧洲反整顿起风化来了。而且整顿得非常之严。几乎和我国老先生口中所讲的话差不多。那么欧化这两个字的招牌,岂不从此要打碎了。”

中国人对于“洋口子”的态度我觉得有两种。其一凡洋必好,例如某甲说过:“因为外国人吃鸡蛋,所以兄弟吃鸡蛋。”所谓欧化式的洋跳舞家、洋话家、高跟鞋家都是这一派的。其二凡洋必坏——但是有一例外,如该洋人知道颂扬至圣孔子,整顿风化(自然并能赏识蓄婢纳妾的良风,小脚辫发的美俗),与我国老先生差不多,那么这就很好,并且还应表彰,使迷途的青年知道西洋也有圣人而改悔自首。这一派的好意我是也很了解的,只可惜他们的根据不大稳固罢了。

西洋也有圣人,这句话(或这件事)即证明

了它的反面：西洋也有臭虫。人总还是人，有智有愚，有善有恶，不问东西，无分南北。西洋的明白人比较多几个，所以觉得他们可佩服了，但那里也有官，有富翁，有军官，有道学家，有愚蠢昏聩的老小男女，所以他们也有些言行和我国老先生差不多，这原是极自然的事。争自由，求平等，一欧化也，杀人放火，亦一欧化也；解放的恋爱，一欧化也，禁止接吻，官准卖淫，亦一欧化也：欧化虽同而是非迥异，凡精神健全者一见能别，无待费词。如因欧洲整顿风化而以为中国所以也应整顿，则英日在上海广州济南等处的残杀也尽可用作中国任何方面的杀人放火的辩解矣。

我们不要忘记，欧洲也还是在资本主义而且又正在反动的时代。干脆地说，看他们被压迫者怎样反抗，即是我国青年最好的师范，在反动派怎样压迫青年上我国老先生们也发现了忠实的同志了。

【原载一九二八年十一月二十六日《语丝》】

闭户读书论

自唯物论兴而人心大变。昔者世有所谓灵魂等物，大智固亦以轮回为苦，然在凡夫则未始不是一种慰安，风流士女可以续未了之缘，壮烈英雄则曰：“二十年后又是一条好汉。”但是现在知道人的性命只有一条，一失足成千古恨，再回头已百年身，只有上联而无下联，岂不悲哉！固然，知道人生之不再，宗教的希求可以转变为社会运动，不求未来的永生，但求现世的善生，勇猛地冲上前去，造成恶活不如好死之精神，那也是可能的。然而在大多数凡夫却有点不同，他的结果不但不能砭顽起懦，恐怕反要使得懦夫有卧志了吧。

“此刻现在”，无论在相信唯物或是有鬼论者都是一个危险时期。除非你是在做官，你对于现时的中国一定会有好些不满或是不平。这些不满和不平积在你的心里，正如噎嗝患者在肚里的“痞块”一样，你如没有法子把它除掉，总有一天会断送你的性命。那么，有什么法子可以除掉这个痞块呢？我可以答说，没有好法子。假如激烈一点的人，且不要说动，单是乱叫乱嚷起来，想出一口鸟气，那就容易有共党朋友的嫌疑，说不定会同逃兵之流一起去正了法。有鬼论者还不过白折了二十年光阴，只有一副性命的就大上其当了。忍耐着不说呢，恐怕也要变成忧郁病，倘若生在上海，迟早总跳进黄浦江里去，也不管公安局钉立的木牌说什么死得死不得。结局是一样，医好了烦闷就丢掉了性命，正如门板夹直了驼背。那么怎么办好呢？我看，苟全性命于乱世是第一要紧，所以最好是从头就不烦闷。不过这如不是圣贤，只有做官的才能够，如上文所述，所以平常下级人民是不能仿效的。其次是有了烦闷去用方法消遣。抽大烟，讨姨太太，赌钱，住温泉场等，都是一种消遣法，但是有些很要用钱，有些很要用力，寒士没有力量去做。我想了一天才算想到了一个方法，这就是“闭户读书”。

记得在没有多少年前曾经有过一句很时行的口号，叫作“读书不忘救国”。其实这是很不容易的。西儒有言，二鸟在林不如一鸟在手，追两兔者并失之。幸而近来“青运”已经停止，救国事业有人担当，昔日辘轳体的口号今成截上的小题，专门读书，此其时矣。闭户云者，聊以形容，言其专一耳，非真辟札则不把卷，二者有必然之因果也。

但是，敢问读什么呢？《经》，自然，这是圣人之典，非读不可的，而且听说三民主义之源盖出于《四书》，不特维礼教即为应考试计，亦在所必读之列，这是无可疑的了。但我所觉得重要的还是在于乙部，即是四库之史部。老实说，我虽不大有什么历史癖，却是很有点历史迷的。我始终相信《二十四史》是一部好书，它很诚恳地告诉我们过去曾如此，现在是如此，将来要如此。历史所告诉我们的在表面的确只是过去，但现在与将来也就在这里面了：正史好似人家祖先的神像，画得特别庄严点，从这上面却总还看得出子孙的面影，至于野史等更有意思，那是行乐图小照之流，更充足地保存真相，往往令观者拍案叫绝，叹遗传之神妙。正如獐头鼠目再生于十世之后一样，历史的人物亦常重现于当世的舞台，恍如夺舍重来，慑人心目，此可怖的悦乐为不知历史者所不能得者也。通历史的人如太乙真人目能见鬼，无论自称为什么，他都能知道这是谁的化身，在古卷上找得他的原形，自盘庚时代以降一一俱在，其一再降凡之迹若示诸掌焉。浅学者流妄生分别，或以二十世纪，或以北伐成功，或以农军起事划分时期，以为从此是另一世界，将大有改变，与以前绝对不同，仿佛是旧人霎时死绝，新人自天落下，自地涌出，或从空桑中跳出来，完全是两种生物的样子：此正是不学之过也。宜趁现在不甚适宜于说话做事的时候，关起门来努力读书，翻开故纸，与活人对照，死书就变成活书，可以得道，可以养生，岂不懿欤？——喔，我这些话真说得太抽象而不得要领了。但是，具体的又如何说呢？我又还缺少学问，论理论还应少说闲话，多读经史才对，现在赶紧打住吧。

一九二八年十一月吉日

伟大的捕风

我最喜欢读《旧约》里的《传道书》。传道者劈头就说，“虚空的虚空”，接着又说道：“已有的事后必再有，已行的事后必再行。日光之下并无新事。”这都是使我很喜欢读的地方。

中国人平常有两种口号，一种是说人心不古，一种是无论什么东西都说古已有之。我偶读拉瓦尔（Lawall）的《药学四千年史》，其中说及世界现存的埃及古文书，有一卷是基督前二千二百五十年的写本（照中国算来大约是舜王爷登基的初年），里边大发牢骚，说人心变坏，不及古时候的好云云，可见此乃是古今中外共通的意见，恐怕那天雨粟时夜哭的鬼的意思也是如此吧。不过这在我无从判断，所以只好不赞一词，而对于古已有之说则颇有同感，虽然如说潜艇即古之螺舟，轮船即隋炀帝之龙舟等类，也实在不敢恭维。我想，今有的事古必已有，说的未必对，若云已行的事后必再行，这似乎是无可疑的了。

世上的人都相信鬼，这就证明我所说的不错。

普通鬼有两类。一是死鬼，即有人所谓幽灵也，人死之后所化，又可投生为人，轮回不息。二是活鬼，实在应称僵尸，从坟墓里再走到人间，《聊斋》里有好些他的故事。此二者以前都已知道，新近又有人发见一种，即梭罗古勃（Sologub）所说的“小鬼”，俗称当云遗传诸君，比别的更是可怕了。易卜生在《群鬼》这本剧中，曾借了阿尔文夫人的口说道：“我觉得我们都是鬼。不但父母传下来的东西在我们身体里活着，并且各种陈旧的思想信仰这一类的东西也都存留在里头。虽然不是真正地活着，但是埋伏在内也是一样。我们永远不要想脱身。有时候我拿起张报纸来看，我眼里好像看见有许多鬼在两行字的夹缝中间爬着。世界上一定到处都有鬼，他们的数目就像沙粒一样有的数不清楚。”（引用潘家洵先生译文）我们参照法国吕滂（Le Bon）的《民族发展之心理》，觉得这小鬼的存在是万无可疑，古人有什么守护天使、三尺神等话头，如照古已有之学说，这岂不就是一则很有趣味的笔记材料吗？

无缘无故疑心同行的人是活鬼，或相信自己心里有小鬼，这不但是迷信之尤，简直是很有发疯的意思了。然而没有法子，只要稍能反省的朋友，对于世事略加省察，便会明白，现代中国上下的言行，都一行行地写在二十四史的鬼账簿上面。画符，念咒，这岂不是上古的巫师、蛮荒的“药师”的勾当？但是他的生命实在是天壤无穷，在无论哪一时代，还不是一样地在青年老年，公子女公子，诸色人等的口上指上乎？即如我胡乱写这篇东西，也何尝不是一种鬼画符之变相？只此一例足矣！

已有的事后必再有，已行的事后必再行，此人生之所以为虚空的虚空与欤？传道者之厌世盖无足怪。他说：“我又专心察明智慧狂妄和愚昧，乃知这也是捕风，因为多有智慧就多有愁烦，加增知识就加增忧伤。”话虽如此，对于虚空的唯一的办法其实还只有虚空之追迹，而对于狂妄与愚昧之察明乃是这虚无的世间第一有趣味的事，在这里我不得不和传道者的意见分歧了。勃阑特思（Brandes）批评弗罗倍尔（Flaubert）说他的性格是用两种分子合成，“对于愚蠢的火烈的憎恶，和对于艺术的无限的爱。这个憎爱，与凡有的憎恶一例，对于所憎恶者感到一种不可抗的牵引。各种形式的愚蠢，如愚行迷信自大不宽容都磁力似地吸引他，感发他。他不得不一件件地把它们描写出来。”我听说从前张献忠举行殿试，试得一位状元，十分宠爱，不到三天忽然又把他“收拾”了。说是因为实在“太心爱这小子”的缘故，就是平常人看见可爱的小孩或女人，也恨不得一口水吞下肚去。那么倒过来说，憎恶之极反而喜欢，原是可以，殆正如金圣叹说，留得三四癞疮，时呼热汤关门澡之，亦是不亦快哉之一也。

察明同类之狂妄和愚昧，与思索个人之老死病苦，一样是伟大的事业，积极的人可以当一种重大的工作，在消极的也不失为一种有趣的消遣。虚空尽由它虚空，知道它是虚空，而又偏去追迹，去察明，那么这是很有意义的，这实在可以当得起说是伟大的捕风。法儒巴思加耳（Pascal）在他的《感想录》上曾经说过：

人只是一根芦苇，世上最脆弱的东西，但他是一根会思想的芦苇。这不必要世间武装起来，才能毁坏他。只须一阵风，一滴水，便足以弄死他了。但即使宇宙害了他，人总比他的加害者还要高贵，因为他知道他是将要死了，知道宇宙的优胜，宇宙却一点不知道这些。

一九二九年五月十三日

哑巴礼赞

俗语云，“哑巴吃黄连”，谓有苦说不出也。但又云，“黄连树下弹琴”，则苦中作乐，亦是常有的事，哑巴虽苦于说不出话，盖亦自有其乐，或者且在吾辈有嘴巴人之上，未可知也。

普通把哑巴当作残废之一，与一足或无目等视，这是很不公平的事。哑巴的嘴既没有残，也没有废，他只是不说话罢了。《说文》云：“喑，不能言病也。”就是照许君所说，不能言是一种病，但这并不是一种要紧的病，于嘴的大体用处没有多大损伤。查嘴的用处大约是这几种，（一）吃饭，（二）接吻，（三）说话。哑巴的嘴原是好好的，既不是缺少舌尖，也并不是上下唇连成一片，那么他如要吃喝，无论番菜或是“华餐”，都可以尽量受用，决没有半点不便，所以哑巴于个人的荣卫上毫无障碍，这是可以断言的。至于接吻呢？既如上述可以自由饮啖的嘴，在这件工作当然也无问题，因为如荷兰威耳德（Van de Velde）医生在《圆满的结婚》第八章所说，接吻的种种大都以香味触三者为限，于声别无关系，可见哑巴不说话之决不妨事了。归根结底，哑巴的所谓病还只是在“不能言”这一点上。据我看来，这实在也不关紧要。人类能言本来是多此一举，试看两间林林总总，一切有情，莫不自遂其生，各尽其性，何曾说一句话，古人云：“猩猩能言，不离禽兽，鹦鹉能言,不离飞鸟。”可怜这些畜生，辛辛苦苦，学了几句人家的口头语，结果还是本来的鸟兽，多被圣人奚落一番，真是何苦来。从前四只眼睛的仓颉先生无中生有地造文字，害得好心的鬼哭了一夜，我怕最初类猿人里那一匹直着喉咙学说话的时候，说不定还着实引起了元始天尊的长叹了呢。人生营营所为何事，“饮食男女，人之大欲存焉”，既于大欲无亏，别的事岂不是就可以随便了吗？中国处世哲学里很重要的一条是，多一事不如少一事，如哑巴者，可以说是能够少一事的了。

语云：“病从口入，祸从口出。”说话不但于人无益，反而有害，即此可见。一说话，话中即含有臧否，即是危险。这个年头儿，人不能老说“我爱你”等甜美的话——况且仔细检查，我爱你即含有我不爱他或不许他爱你等意思，也可以成为祸根。哲人见客寒暄，但云：“今天天气……哈哈哈！”不再加说明，良有以也，盖天气虽无知，唯说其好坏终不甚妥，故以一笑了之。往读杨恽《报孙会宗书》，但记其“种一顷豆，落而为萁”等语，心窃好之，却不知杨公竟因此而腰斩，犹如湖南十五六岁的女学生们以读《落叶》（系郭沫若的，非徐志摩的《落叶》）而被枪决，同样地不可思议。然而这个世界就是这样不可思议的世界，其奈之何哉。几千年来受过这种经验的先民留下遗训曰，“明哲保身”。几十年来看惯这种情形的茶馆贴上标语曰，“莫谈国事”。吾家金人三缄其口，二千五百年来为世楷模，声闻弗替。若哑巴者岂非今之金人欤?

常人以能言为能，但亦有因装哑吧而得名者，并且上下古今这样的人并不很多，即此可知哑巴之难能可贵了。第一个就是那鼎鼎大名的息夫人。她以倾国倾城的容貌，做了两任王后，她替楚王生了两个儿子，可是没有对楚王说一句话。喜欢和死了的古代美人吊膀子的中国文人于是大作特作其诗，有的说她好，有的说她坏，各自发挥他们的臭美，然而息夫人的名声也就因此大起来了。老实说，这实是妇女生活的一场悲剧，不但是一时一地一人的事情，差不多就可以说是妇女全体的运命的象征。易卜生所作《玩物之家》一剧中女主人公娜拉说，她想不到自己竟替漠不相识的男子生了两个子女，这正是息夫人的运命，其实也何尝不就是资本主义下的一切妇女的运命呢。

还有一位不说话的，是汉末隐士姓焦名先的便是。吾乡金古良作《无双谱》，把这位隐士收在里面，还有一首赞题得好：

孝然独处，绝口不语，墨隐以终，笑杀狐鼠。

并且据说“以此终身，至百余岁”，则是装了哑巴，既成高士之名，又享长寿之福，哑巴之可赞美盖彰彰然明矣。

世道衰微，人心不古，现今哑巴也居然装手势说起话来了。不过这在黑暗中还是不能用，不能说话。孔子曰：“邦无道，危行言逊。”哑巴其犹行古之道也欤。

一九二九年十一月十三日

麻醉礼赞

麻醉，这是人类所独有的文明。书上虽然说，斑鸠食桑葚则醉，或云，猫食薄荷则醉，但这都是偶然的事，好像是人错吃了笑菌，笑得个一塌糊涂，并不是成心去吃了好玩的。成心去找麻醉，是我们万物之灵的一种特色，假如没有这个，人之所以异于禽兽者几希了。

麻醉有种种的方法。在中国最普通的一种是抽大烟。西洋听说也有文人爱好这件东西，一位散文家的杰作便是烟盘旁边的回忆，另一诗人的一篇《忽不烈汗》的诗也是从芙蓉城的醉梦中得来的。中国人的抽大烟则是平民化的，并不为某一阶级所专享，大家一样地吱吱地抽吸，共享麻醉的洪福，是一件值得称扬的事。鸦片的趣味何在，我因为没有入过黑籍，不能知道，但总是麻酥酥地很有趣吧。我曾见一位烟户，穷得可以，真不愧为鹑衣百结，但头戴一顶瓜皮帽，前面顶边烧成一个大窟窿，乃是沉醉时把头屈下去在灯上烧去的，于此即可想见其陶然之状态了。近代传闻孙馨帅有一队烟兵，在烟瘾抽足的时候冲锋最为得力，则已失了麻醉的意义，至少在我以为总是不足为训的了。

中国古已有之的国粹的麻醉法，大约可以说是饮酒。刘伶的“死便埋我”，可以算是最彻底了；陶渊明的诗也总是三句不离酒，如云“拨置且莫念，一觞聊可挥”，又云“天运苟如此，且进杯中物”，又云：“中觞纵遥情，忘彼千载忧，且极今朝乐，明日非所求”，都是很好的例。酒，我是颇喜欢的，不过曾经声明过，殊不甚了解陶然之趣，只是乱喝一番罢了。但是在别人的确有麻醉的力量，它能引人着胜地，就是所谓童话之国土。我有两个族叔，尤是这样幸福的国土里的住民。有一回冬夜，他们沉醉回来，走过一乘吾乡所很多的石桥，哥哥刚一抬脚，棉鞋掉了，兄弟给他在地上乱摸，说道：“哥哥棉鞋有了。”用脚一踹，却又没有，哥哥道：“兄弟，棉鞋汪的一声又不见了！”原来这乃是一只黑小狗，被兄弟当作棉鞋捧了来了。我们听了或者要笑，但他们那时神圣的乐趣我辈外人哪里能知道呢？的确，黑狗当棉鞋的世界于我们真是太远了，我们将棉鞋当棉鞋，自己说是清醒，其实却是极大的不幸，何为可惜十二文钱，不买一提黄汤，灌得倒醉以入此乐土乎。

信仰与梦，恋爱与死，也都是上好的麻醉。能够相信宗教或主义，能够做梦，乃是不可多得的幸福的性质，不是人人所能获得。恋爱要算是最好了，无论何人都有此可能，而且犹如采补求道，一举两得，尤为可喜。不过此事至难，第一须有对手，不比别的只要一灯一盏即可过瘾，所以即使不说是奢侈，至少也总是一种费事的麻醉吧。至于失恋以至反目，事属寻常，正如酒徒呕吐，烟客脾泄，不足为病，所当从头承认者也。末后说到死。死这东西，有些人以为还好，有些人以为很坏，但如当作麻醉品去看时，这似乎倒也不坏。依壁鸠鲁说过，死不足怕，因为死与我辈没有关系，我们在时尚未有死，死来时我们已没有了。快乐派是相信原子说的，这种唯物的说法可以消除死的恐怖，但由我们看来，死又何尝不是一种快乐，麻醉得使我们没有，这样乐趣恐非醇酒妇人所可比拟的吧？所难者是怎样才能如此麻醉，快乐？这个我想是另一问题，不是我们现在所要谈论的了。

醉生梦死，这大约是人生最上的生活法吧？然而也有人不愿意这样，普通外科手术总用全身或局部的麻醉，唯偶有英雄独破此例，如关云长刮骨疗毒，为世人所佩服，固其宜也。盖世间所有唯辱与苦，茹苦忍辱，斯乃得度。画廊派哲人

(Stoics) 之勇于自杀，自成宗派，若彼得洛纽思 (Petronius) 听歌饮酒，切脉以死，虽稍贵族的，故自可喜。达拉思布耳巴 (Taras Bulba) 长子为敌所获，毒刑致死，临死曰："父亲，你都看见吗?"达拉思匿观众中大呼曰："儿子，我都看见!"此则哥萨克勇士，北方之强也。此等人对于人生细细尝味，如啜苦酒，一点都不含糊，其艰苦卓绝盖不可及。但是我们凡人也就无从追踪了。话又说了回来，我们的生活恐怕还是醉生梦死最好吧。——所苦者我只会喝几口酒，而又不能麻醉，还是清醒地都看见、听见，又无力高声大喊，此乃是凡人之悲哀，实为无可如何者耳。

一九二九年十一月三十日

中　年

虽然四川开县有二百五十岁的胡老人，普通还只是说人生百年。其实这也还是最大的整数，若是人民平均有四五十岁的寿，那已经可以登入祥瑞志，说什么寿星见了。我们乡间称三十六岁为本寿，这时候死了，虽不能说寿考，也就不是夭折。这种说法我觉得颇有意思。日本兼好法师曾说："即使长命，在四十以内死了最为得体，虽然未免性急一点，却也有几分道理。"

孔子曰："四十而不惑。"吾友某君则云，人到了四十岁便可以枪毙。两样相反的话，实在原是盾的两面。合而言之，若曰，四十可以不惑，但也可以不不惑，那么，那时就是枪毙了也不足惜云尔。平常中年以后的人大抵糊涂荒谬得多，正如兼好法师所说，过了这个年纪，便将忘记自己的老丑。想在人群中胡混，执着人生，私欲益深，人情物理都不复了解，"至可叹息"是也。不过因为怕献老丑，便想得体地死掉，那也似乎可以不必。为什么呢？假如能够知道这些事情，就很有不惑的希望，让他多活几年也不碍事。所以在原则上我虽赞成兼好法师的话，但觉得实际上还应稍加斟酌，这倒未必全是为自己道地，想大家都可见谅的吧。

我决不敢相信自己是不惑，虽然岁月是过了不惑之年好久了，但是我总想努力不至于不不惑，不要人情物理都不了解，本来人生是一贯的，其中却分几个段落，如童年，少年，中年，老年，各有意义，都不容空过。譬如少年时代是浪漫的，中年是理智的时代，到了老年差不多可以说是待死堂的生活吧。然而中国凡事是颠倒错乱的，往往少年老成，摆出道学家超人志士的模样，中年以来重新来秋冬行春令，大讲其恋爱等等，这样地跟着青年跑，或者可以免于落伍之讥，实在犹如将昼作夜，“拽直照原”，只落得不见日光而见月亮，未始没有好些危险。我想最好还是顺其自然，六十过后虽不必急做寿衣，唯一只脚确已踏在坟里，亦毋庸再去请斯坦那赫博士结扎生殖腺了。至于恋爱则在中年以前应该毕业，以后便可应用经验与理性去观察人情与物理，即使在市街战斗或示威运动的队伍里少了一个人，实在也有益无损，因为后起的青年自然会去补充（这是说假如少年不是都老成化了，不在那里作各种八股），而别一队伍里也就多了一个人，有如退伍兵去研究动物学，反正于参谋本部的作战计划并无什么妨害的。

话虽如此，在这个当儿要使它不发生乱调，实在是不大容易的事。世间称四十左右曰危险时期，对于名利，特别是色，时常露出好些丑态，这是人类的弱点，原也有可以容忍的地方。但是可容忍与可佩服是决不相同的事情，尤其是无惭愧地、得意似地那样做，还仿佛是我们的模范似地那样做，那么容忍也还是我们从数十年的世故中来最大的应许，若鼓吹护持似乎可以无须了吧。我们少年时浪漫地崇拜好许多英雄，到了中年再一回顾，那些旧日的英雄，无论是道学家或超人志士，此时也都是老年中年了，差不多尽数地不是显出泥脸便即露出羊脚，给我们一个不客气的幻灭。这有什么办法呢？自然太太的计划谁也难违拗它。风水与流年也好，遗传与环境也好，总之是说明这个的可怕。这样说来，得体地活着这件事或者比得体地死要难得多，假如我们过了四十却还能平凡地生活，虽不见得怎么得体，也不至于怎样出丑，这实在要算是侥天之幸，不能不知所感谢了。

人是动物，这一句老实话，自人类发生以至地球毁灭，永久是实实在在的，但在我们人类则须经过相当年龄才能明白承认。所谓动物，可以含有科学家一视同仁的“生物”与儒教徒骂人的“禽兽”这两种意思，所以对于这一句话人们也可以有两样态度。其一，以为既同禽兽，便异圣贤，因感不满，以至悲观。其二，呼铲曰铲，本无不当，听之可也。我可以说就是这样地想，但是附加一点，有时要去考核名实言行，加以批评。本来棘皮动物不会肤如凝脂，怒毛上指栋的猫不打着呼噜，原是一定的理，毋庸怎么考核，无如人这动物是会说话的，可以自称什么家或主唱某主义等，这都是别的众生所没有的。我们如有闲一点儿，免不得要注意及此。譬如普通男女私情我们可以不管，但如见一个社会栋梁高谈女权或社会改革，却照例纳妾等等，那有如无产首领浸在高贵的温泉里命令大众冲锋，未免可笑，觉得这动物有点变质了。我想文明社会上道德的管束应该很宽，但应该要求诚实，言行不一致是一种大欺诈，大家应该留心不要上当。我想，我们与其伪善还不如真恶，真恶还是要负责任，冒危险。

我这些意思恐怕都很有老朽的气味，这也是没有法的事情。年纪一年年地增多，有如走路一站站地过去，所见既多，对于从前的意见自然多少要加以修改。这是得呢失呢，我不能说。不过，走着路专为贪看人物风景，不复去访求奇遇，所以或者比较地看得平静仔细一点也未可知。然而这又怎么能够自信呢？

一九三〇年三月

介绍政治工作

——专斋随笔之七

《政治工作大纲》，何容著，本年四月北平出版。洋纸六开本二四二页，定价大洋八角。

本书内容共计十章，即《总理纪念周》、《党旗与国旗》、《赞礼》、《总理遗嘱》、《标语》、《口号》、《演说》、《军民联欢大会》、《党务》、《传单》是也。此外有绪论及后记，附录三种，卷首有《献给王得胜同志》的呈献辞，次为题词，引陈公博先生的文章里一个武装同志的话："贴标语总要找人罢！"封面图案系"自子恺漫画中偷来"，记得是一张《病的汽车》，至于字呢，据精通掌故的人说，乃自中山先生手书的文章中集出云。

这是一本近来少有的好书，我一拿到手从头至尾看了一遍，没有一行跳过不读。是什么缘故呢？这个我实在说不出。我想，未必因为彼此是同行吧？老实说，我以前曾经有过一个计划，想编一部完全的《宣传大全》，内分天文地理时令人物等门，人物门中按照百家姓，以人为纲，划分拥护、打倒两目，将某人的同一事件，依照拥打两种场合，拟成适当文句，分别登录，以备临时应用。这部大全如能编印成功，生意一定不会差，只可惜工程浩大，而且泄尽人天奥妙，恐遭造物之忌，也不很好，所以就搁下了。现在何君的《大纲》出来，略可补此缺恨，自然是很好的，但是中国有句老话，“同行嫉妒”，我既是著者的同行，又被他捷足先登，那么因此而反爱读该书，照中国的道理是不会有的了。

其次，难道是因为意见相近吗？恐怕这也不见得。我平常有一种偏见，不大喜欢口号与标语，因为仿佛觉得这是东方文化的把戏，是“古已有之”的东西，玩了没有什么意思。假如相信它有实在的神力，那就有点近于符咒，或者只是根据命令，应时应节地装点，这又有点类似八股了。即使以广告论，我又是很讨厌广告的，其原因当然是一半由于商业广告之撒谎，一半则是被沿路的香烟广告——特别是画广告穷凶极恶地包围，失去了姑妄观之的忍耐性了。反过来说，我因为不喜欢符咒，八股，以及广告，所以对于标语口号也不大喜欢，或者说得更为妥当一点亦未可知。但是，假如因为自己不喜欢，看见人家有类似的意见，便五体投地地赞美他的全部著作，那也未免太感情用事，是我所极想避免的。况且，著者也并未明了地表示他反对的意见呢。

我称赞这本书的缘故是很简单的，便是因为它能够将政治工作的大纲简明地说给我们知道。著者是专攻标语学（Posterology）的同志，凡读过他批评北大三十一周纪念标语的文章的人无不知道，这回他根据了多年的经验与研究，把以标语口号为中心的各项工作有条不紊地写成一本书，的确如著者所说：“自党国成立以来，这类著作似乎还不甚多见。”看官们手里如有八毛钱，想到平安去看有声电影，我劝大家不如买一本这个大纲，拿回公寓去读；你如不赞成喊口号贴标语的，读了也有意思，万一是将来要去做这些政治工作的，读了尤有用处，反正是不会叫你上当的。不过若是手里有一块六毛钱，想两个人去看电影，那么我就不好意思劝你买，因为叫人家牺牲恋爱来研究政治工作，未免有点拂人之性，所以我也只能恕不替著者硬拉买卖了。

【原载一九三〇年六月《骆驼草》】

北大的支路

我是民国六年四月到北大来的，如今已是前后十四年了。本月十七日是北大三二周年纪念，承同学们不弃叫我写文章，我回想过去十三年的事情，对于今后的北大不禁有几句话想说，虽然这原是老生常谈，自然都是陈旧的话。

有人说北大的光荣，也有人说北大并没有什么光荣，这些暂且不管，总之我觉得北大是有独特的价值的。这是什么呢，我一时也说不很清楚，只可以说他走着他自己的路，他不做人家所做的而做人家所不做的事。我觉得这是北大之所以为北大的地方，这假如不能说是他唯一的正路，我也可以让步说是重要的一条支路。

蔡孑民先生曾说，“读书不忘救国，救国不忘读书”，那么读书总也是一半的事情吧？北大对于救国事业做到怎样，这个我们且不谈，但只就读书来讲，他的趋向总可以说是不错的。北大的学风仿佛有点迂阔似的，有些明其道不计其功的气概，肯冒点险却并不想获益，这在从前的文学革命五四运动上面都可看出，而民国六年以来计划沟通文理，注重学理的研究，开辟学术的领土，尤其表示得明白。别方面的事我不大清楚，只就文科一方面来说，北大的添设德法俄日各文学系，创办研究所，实在是很有意义、值得注意的事。有好些事情随后看来并不觉得什么稀奇，但在发起的当时却很不容易，很需要些明智与勇敢，例如十多年前在大家只知道尊重英文的时代加添德法文，只承认诗赋策论该国文学的时代讲授词曲——我还记得有上海的大报曾经痛骂过北大，因为是讲元曲的缘故，可是后来各大学都有这一课了，骂的人也就不再骂，大约是渐渐看惯了吧。最近在好些停顿之后朝鲜蒙古满洲语都开了班，这在我也觉得是一件重大事件，中国的学术界很有点儿广田自荒的现象，尤其是东洋历史语言一方面荒得可以，北大的职务在去种熟田之外还得在荒地上来下一锸，来不问收获但问耕耘的干一下，这在北大旧有的计划上是适合的，在现时的情形上更是必要，我希望北大的这种精神能够继续发挥下去。

我平常觉得中国的学人对于几方面的文化应该相当地注意，自然更应该有人去特别地研究。这是希腊、印度、亚剌伯与日本。近年来大家喜欢谈什么东方文化与西方文化，我不知两者是不是根本上有这么些差异，也不知道西方文化是不是用简单的三两句话就包括得下的。但我总以为只根据英美一两国现状而立论的未免有点笼统，普通称为文明之源的希腊我想似乎不能不予以一瞥，况且他的文学哲学自有独特的价值，据臆见说来他的思想更有与中国很相接近的地方，总是值得萤雪十载去钻研他的，我可以担保。印度因佛教的缘故与中国关系密切，不待烦言，亚剌伯的文艺学术自有成就，古来即和中国接触，他的文化已经不能算是外国的东西，更不容把他闲却了。日本有小希腊之称，他的特色确有些与希腊相似，其与中国文化上之关系更仿佛罗马，很能把先进国的文化拿去保存或同化而光大之，所以中国治“国学”的人可以去从日本得到不少的资料与参考。从文学史上来看，日本从奈良到德川时代这千二百余年受的是中国影响，处处可以看出痕迹，明治维新以后，与中国近来的新文学相同，受了西洋的影响，比较起来步骤几乎一致，不过日本这回成为先进，中国老是追着，有时还有意无意地模拟贩卖，这都给予我们很好的对照与反省。以上这些说明当然说得不很得要领，我只表明我的一种私见与奢望，觉得这些方面值得注意，希望中国学术界慢慢地来着手，这自然是大学研究院的职务，现在在北大言北大，我就不能不把这希望放在北大——国立北京大学及研究院——的身上了。

我重复地说，北大该走他自己的路，去做人家所不做的而不做人家所做的事。北大的学风宁可迂阔一点，不要太漂亮，太聪明。过去一二年来北平教育界的事情真是多得很，多得很，我有点不好列举，总之是政客式地反复地打倒拥护之类，侥幸北大还没有做，将来自然也希望没有。不过这只是消极的一面，此外还有积极的工作，要奋勇前去开辟荒地，着手于独特的研究，这个以前北大做了一点点了，以后仍须继续努力。我并不怀抱着什么北大优越主义，我只觉得北大有他自己的精神应该保持，不当去模仿别人，学别的大学的样子罢了。

"读书不忘救国，救国不忘读书"，那么救国也是一半的事情吧。这两个一半不知道究竟哪一个是主，或者革命是重要一点亦未可知？我姑且假定，救国、革命是北大的干路吧，读书就算作支路也未始不可以，所以便加上题目叫做《北大的支路》云。

一九三〇年十二月十一日

论万民伞

《平等阁笔记》少时曾在《时报》上见到一部分，但民国以来不再注意读报，其后笔记单行本出版亦未看见。前日在书摊偶得一部，灯下翻阅，若疏若亲，盖年代久隔，意见亦多差异，著者信佛教亦遂信鬼神妖异，不佞读之觉得与普通笔记无殊，正是古已有之的话，唯卷一首五叶记庚子乱后入都所见闻事十二则却很有意思。第五则云，“哀莫大于心死，痛莫甚于亡耻”，后举数事云：

“适内城外城各地为十一国分划驻守后，不数月间，凡十一国公使馆，十一国之警察署，十一国之安民公所，其中金碧辉煌，皆吾民所贡献之万民匾联衣伞，歌功颂德之词，洋洋盈耳，若真出于至诚者，直令人睹之且愤且愧，不知涕泪之何从也。又顺治门外一带为德军驻守地，其界内新设各店牌号，大都士大夫为之命名，有曰德兴，有曰德盛，有曰德昌，有曰德永，有曰德丰厚、德长胜等，甚至不相联属之字竟亦强以德字冠其首，种种媚外之名词指不胜屈，而英法日意诸界亦莫不皆然。彼外人讵能解此华文为歌颂之义，而丧心亡耻一至于斯。”

最近，在报纸上，又常常看到天津什么公会，替地方当局送万民伞的消息。这与上面所说的当然有点小小不同，即所送者一是外国人，一不是外国人也。但是，中国人好送德政伞，那总是实在的。为什么有这一种怪脾气的呢？这个我也很想知道，可是还不能确实知道。案《水经注》济水下昌邑县条下云，有建和十年秦闰等刊石颂德政碑，可见在汉末已有，有了千八百年的历史。白居易《青石》诗云：

“不愿作官家道旁德政碑，不镌实录镌虚辞。”可知这碑之不可靠也是自古已然，长庆到现在也已有千一百年了。匾与伞与旗就只是碑的子孙，却是更简略，更不成东西了，其虚辞则不论大小轻重原是一样。狄君见了且愤且愧，虽是当然，其实还只是可怜。难道人民真是喜欢干这种无耻的勾当，千余年如一日，实在还只为求生乞命耳。曹静山著《十三日备尝记》，述道光二十二年英人犯上海事，五月十二日条下有云：

“邻人张姓来云，洋人于邑庙给护照，取之者必只鸡易，无鸡则一切食用品亦或有得之者。余前闻浙省曾有此事，因期以明日觇之。”凡德政匾等皆护照也。中国自唐以来即常受外族的欺凌，而其间之本族政府又喜以专制为政，人民的一线生机盖唯在叩头而已。德政碑万民伞可也，招牌中写兴盛昌永亦可也，皆以标语表示叩头，至其对象之为中为外则可无论也。由今之道无变今之俗，匾联衣伞方兴未艾，且此亦正合于现今上下合力鼓吹的旧礼教，平等阁主人愤慨的意见在此刻恐怕亦须稍加以修正矣。

一九三六年三月二十一日

论骂人文章

骂人的文章可以分作两大类，正如晋惠帝所问的虾蟆叫，一是为官的，一是为私的。为私的一类里又可以说有两个分派，甲是消极的，曰报复的骂，乙是积极的，曰进取的骂，是也。本来还有一种回骂，即抵抗的骂，不过我没有把它放进去，因为这里所谓骂人必须是主动的，若被动的便不能算。报复的骂虽说是消极，却还不是被动，盖其被欺侮是一件事，被欺侮了没有办法却另用骂的方法来求满足又是别一件事，正如阿Q被人打了一顿，姑且说打我的是王八旦，这口气也就平了。中国有一位名人说过，只看报上登出一大篇冤单，便可以知道这人一定是吃了亏（却并不一定是他理直或是人好），再没有力量挣扎了，这样哭骂一阵，就此沉静下去。这样的报复实在是很可怜的，要说是报复还不及流氓的捅小刀子为能实践，可是我们要知道天下不少外强中干的人，忍气呢觉得不甘心，去拼命又有点怕，结果只有这样做，仿佛像佛典上所戒的非法出精，不足为训却又未始不是也难怪的事也。进取的骂似乎比较地难懂，因为这个名词是我所新造的，虽然这件事并非新起头，而且流行得也很广远，比起报复的骂来恐怕还要多上几倍也未可知。这种骂法有人称作爬梯子，或曰借头。其办法甚是简单，只要挑选社会上稍有声名的一二人，狗血喷头地痛骂一番，骂得对不对完全不成问题，只要使人家知道某人这样的被我所骂了就好。假如某人身高五尺，我既然站在他的头顶上，那么自然应该更高，至少也总是在五尺以上了。某人不理本也无妨，若是他回说了一句话，那更证明了我骂的有力量，总之都是于自己有利的。所以这种骂法行得很普遍，因为利多害少，青年人想钻上文坛或思想界去最容易采用，只消找一个人做梯子，几步爬上他的头去，人家看去（或者自己觉得）确是站得很高了，虽然也不免有缺点，这样的做法与冒认阔人是自己的爹根本上很相像，只是软硬不同，实在也是有点可怜的。还有一层，找人要找得好，必须找着在文坛或思想界上身材高的才行，矮子已经要不得了，万一不小心扯到一个水平线下的，他的头就是同地面一样平的，如今却想站在他的头上去出风头，不但毫无效果，而且还白费气力，这真成了偷鸡弗着折把米了。进取地骂人家虽然大抵都是很聪明的，但是这种失败也很难免，可见江湖诀之还不是万全也。

为官的骂人说起来恐怕是最有意思，也是最有意义的事吧。官骂本是古已有之，如历来的传旨申饬即是，不过零碎的例引用很麻烦，我们只举出别的一件大案，即清雍正四年钦定的那册《名教罪人》（此书已由故宫博物院铅印出版，每册定价五角）。据上谕说，钱名世获罪名教，死不足蔽其辜，生更以益其辱，是以不即正典刑，褫职递归，且亲书“名教罪人”四字令悬其门，复命在京大小臣工由制科出身者咸为歌诗，以刺其恶。这一册里所收自大学士以至笔帖式，凡二百八十五人，都是由科举出身者，各恭作赋得名教罪人的打油诗一首，真是洋洋大观，可以为后世这派文学的模范的。第一名协理大学士事尚书徐元梦七律第二联云，含毫不复知羞恶，索句应全失本心，倒正好拿来当作这书的题词用。更有意思的是第十五名（名次是照着官的大小排列的）礼部左侍郎查嗣庭，他在这里也跟着吆喝胡骂，但是过了几年他自己却又成了大逆，这回乾隆似乎不喜欢再写匾征诗，所以只同普通文字狱的那样办了。《名教罪人》所以成为空前绝后的官骂总集，是研究骂人文章的学者所不可不看的。但是后来皇帝消灭，文字狱渐为世人所不满意，而讲道统争正宗的脾气乃是民之秉彝，统制思想之举在老头儿与其儿子还是同样的爱好，于是官骂事业照旧经营下去，不过如智上所云已“易主”耳。鄙人记性不佳，文献匮乏，愧未能详征博引，考其源流，但就所知说来，这个运动大约是始于成仿吾的“诗坛之防御战”，这名称上显然露出断然的处置之神气，不过多少提高了挨骂者的资格，仿佛是被承认作交战团体了。随后又听见“剿”的口号，剿的对面自然就还有“抚”，虽然这个名称没有显明地听说过。这样，官骂便以一种新的姿态第二次出现于舞台上了。未开幕以前当然有些筹备，这且不谈，只看突然发动，四面总攻，其攻击不择手段，却有一定公式，这就可以认定是那个来了，虽然不能百战百胜，总之这势力是很强的。谁被指定挨这官骂的有祸了！他就得准备守，战，或是降，胜总是休想。老实说，这只有两条路，守或战。战之后即不能再守，末了还是降，与寻常之降不同者只在一是不战而降，一是战而降，即是抚耳。守即不理，即兵法上的坚壁清野，宁可让他牵扯开去，无中生有地乱骂，不可回答以致多生纠缠，此最省事，只须持久。战即是回骂。当回骂之初大约觉得很痛快的，自己喜得还有这样力气舞动大刀，而且一刀刀都劈中敌阵的要害，却不知已中了道儿，犹如遇见鬼打墙，拳打足踢，气力用尽而墙终如故，结果只剩了一口气倒在垓心，变成俘虏了事。也有硬朗一点的，始终力战不屈，骂不绝口，那么这情形就有点不同，虽然殊途而未始不是同归。相持不下，终究有个了局，如何了法其机密不能详知，大抵看《水浒传》可以知道一点，如及时雨之率众推戴玉麒麟，归根结底仍是一种抚法，又是一种降法，不过是极高妙的一种罢了。话说到这里，这一段故事应该收场了。总之这类集团的官骂，古有臣工之骂，今有帮行之骂，都是很厉害的，单身独客千万注意，沾惹不得，而有志业骂者则以此为最佳，可以过骂人之瘾而得勇士之名焉。不佞对于斯道别无研究，唯道听途说，一知半解，姑述其大略，作《论语》之材料。他日如有国立研究院的学人根据人类学与历史的知识大规模的研究中国骂学，五十年后得成专著，而以不佞此文为之嚆引，则光荣莫过于此矣。

【原载一九三六年十二月十六日《论语》】

谈毒草

百花齐放，本来是说所有的花一齐地都开起来，是一句包括一切、毫无保留的话，但现在有人提出意见，以为花里边有“毒草”，不应该放，这句话显然是不对的。我们说凡是花都应放，不论毒草与否，不能以这个资格剥夺它的权利。毒草如有花，应当一律开放，参加比赛，如毒草没有花，那就没得可放，不关它的毒不毒。

《本草纲目》中毒草列为一卷，共有四十七种，是乌头、附子之属，也有钩吻即野葛，不曾看见过。大凡毒草的毒，都在花叶根实的一部分里，送进嘴里去吃了，这才发生效力，光是眼睛看了会中毒的，如佛经里所说的“见毒”的东西，那是没有。那么无论它是什么毒草，拿来瞧瞧，总是无妨的。那《本草》的四十七种里边，就含有我们常见的射干即“花镜”的秋蝴蝶，羊踯躅即牛郎花，玉簪和凤仙花；至于罂粟花，在李时珍时代还没有当作鸦片吸的缘故吧，不曾收入。北京人种毒草赏玩的风气尤其盛，洋金花即风茄开白花，结果子如番茄，小孩误食中毒的事情常常见到，还有夹竹桃据说落在水缸里药得死鱼，可是因为花太秾艳，至今盛行。由此可见，想用毒草这字去限制它，往往做不到，而且愈是毒草，它的花也特别开得出奇，如天南星的“独立一支枪”便是一例。

说毒草原不过是一种譬喻。植物上没有“见毒”，但文章里是可以有的，不良的思想寄托在文章上，一看就中了毒，也是可能的。思想有种种区别，有合理的，有不合理的，发表出来给大家批评一下子，看出是非，至于辨别是非的责任，那主要是在批评家身上了。现在如提倡“百花齐放”，却又嚷嚷有毒草不许放，好像预先有自己承认是毒草，便不开放似的，天下有这种事吗？既然齐放，也总得让它放了出来，随后你再研究它一下子，下判语道这有问题，随即展开讨论，如果大家以为这花开得不好，那就算是不好。——开是开了，结果开得好不好是别一件事，这样才与“百花齐放”的原则不相违背。

【原载一九五七年四月二十五日《人民日报》】